我愛你愛死了

我　　愛　　你
　　　愛
死　　　　　了

愛　死了

米蘭歐森
MILANO OLSEN

時報出版

目次

愛死了

我愛你愛死了
我愛你
愛
死了

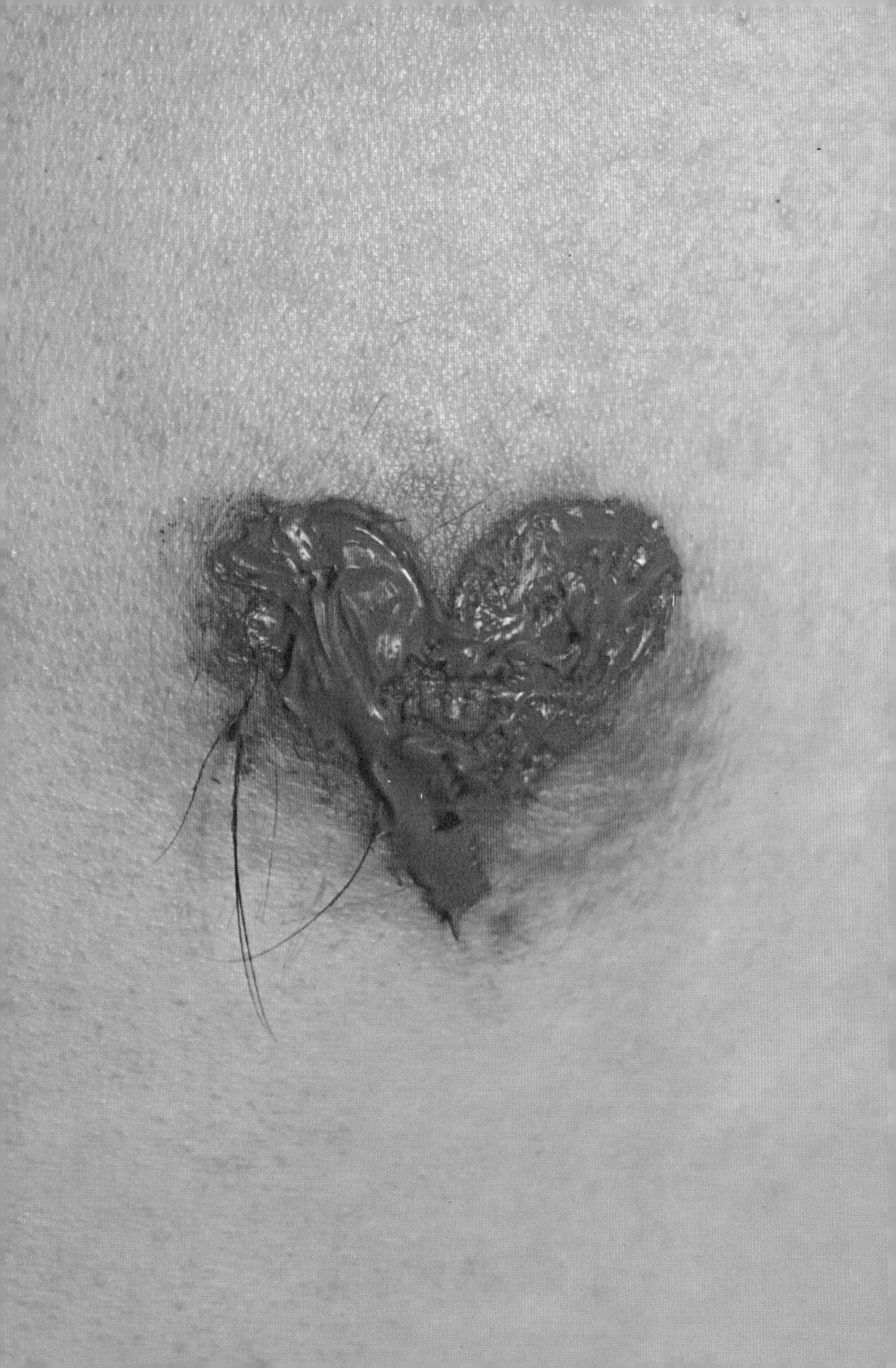

我害怕說愛你

是恐怖電影
讓我開始害怕愛
因為那些
殭屍恐怖故事
因為那些
在任何一種
被愛人殺死的故事之前
我愛你
總被大聲說出

是它們讓愛
變成了對不起
讓愛聽起來像是
一句道別
所以我不敢說愛你
我怕說了
你就會被殭屍吃掉

我害怕有人討厭我

挑了一件紅色襯衫
我想紅色的布料襯在我身上
應該會很好看
但他的襪子是黑色的
剛步入店內的客人
頭戴著帽子也是黑色的
黑色的上衣 黑色的褲子
黑色的頭髮 黑色的好多東西
除了黑 全都在比賽悶

後來好多人都看了我一眼
所以把襯衫又掛了回去

後來大家都在談論愛
於是我也試著說出口
後來全世界都在笑
所以我也跟著笑了

我總是害怕自己的不同
會有人因此討厭我
所以我都用力點著頭用力微笑
用力假裝我和大家一樣
因為我害怕有人會
真的討厭我

但是後來
我們每個人都一樣
我們每個人都被討厭

下輩子我想當個正常人

如果還有下輩子的話
我想成為一個正常人

我想和大家一樣
渴望愛情 渴望婚姻
渴望正常的人生
我想要在別人面前說話時
不覺得自己丟臉
也想要大笑時不覺得自己愚笨
我想要很輕鬆
很懶惰的生活
然後不會因此而責怪自己

如果真的還有下輩子的話
我想要成為一個正常的人

沒有太多的追求
沒有太多的慾望

沒有太多的話想說
沒有太多的我是誰
我想和大家做一樣的事情
愛一樣的人
穿一樣的衣服
笑或嘲笑同樣的東西
我想去體驗那些
這輩子我都覺得很無聊的事情

如果真的有下輩子
我又是正常人的話
我可能就會知道
你為什麼想哭
我可能就會知道好多
你們已經知道
但我不知道的事情了

連灰姑娘都討厭我

午夜鈴響前
明明還很開心的大笑著
還很開心的
享受著自己所擁有的一切

鈴響後
什麼都不見
什麼都
讓我想哭
但明天
我又會大笑
又會開始喜歡自己擁有的一切
直到下一個鈴響
再開始落淚

好難懂
連灰姑娘都不想理我
連灰姑娘都討厭我和她

有相同的戲碼演出
但她有一雙玻璃鞋
我沒有
破了
還有王子能幫她找到

我只有手機面板
是玻璃做的
連那種玻璃做的心都沒有
連那種夢幻的劇情
都無法上演
我只能看著手機
等到午夜鈴響
反覆上演那種
連灰姑娘
都討厭的劇情

很久很久以後

「這娃娃好髒，丟了吧」
聽見你說要將這隻送給我的娃娃丟掉
我立刻伸手將它搶了回來

小時候第一次學會了
喜新厭舊這句成語
卻總納悶著老師為什麼
反覆和大家強調
不可以成為一個這樣的人
那時候不懂
覺得東西舊了本來就應該丟掉

很久很久以後才開始明白
原來老師不斷和我們強調的那種人
並不是不能成為
只是這樣
很容易就能傷到人

很容易就能讓人感到冷血與無情
好像對於舊物
沒有任何一點留念

／

突然想起過去某個人
曾經對你說過的一句話
卻在回憶起的那個當下與瞬間
才真正的瞭解
那句你早就知道
卻直到現在才聽懂的
每一字一句

對凡事都能無情
都能再不帶感情一點的人
比較不容易受傷

可能
在很久很久以後
我一定也會聽懂這句話吧

我不知道自己怎麼了

其實也沒有真的
受過什麼傷
但我知道自己
和以前
不太一樣了
我很容易覺得
大家很笨
覺得還在說或做愛的人
都很愚蠢
是不是因為聽過太多
關於人生和未來
的恐怖故事
所以覺得每一個
都還這麼用力渴望
幸福的人
很笨

我不知道自己怎麼了

明明也沒有真的受過什麼傷
但如果有的話
應該會好起來吧

像我一樣脆弱的人

像我一樣脆弱的人
走在路上
很容易都能感覺到
整個世界在嘲笑自己
他們背著背包
帽子反戴
成群與學生迷你裙

我走了過去
錯以為自己是他們笑出聲的原因
便就把自己變得迷你

像你一樣脆弱的人
不用走到路上
就能看懂世界
抓起了手機
要全世界都為你流淚

所以我們不能隨便想笑或想哭
因為人很脆弱
像我們一樣
很容易就
又被我們自己弄破

沒有人會真的在意你

你的痛苦
全都與他們無關
沒有人會
真正的
想要在意你
他們只在意
你的疼痛
發生在自己身上時
是不是真的
也會很痛

沒有人會
在意你
沒有人會真的
在意你
沒有人在意你
會不會痛
沒有人在意你

真的痛過

沒

有人在意你真的痛過

冷血

不喜歡會大笑的人
因為笑得很大聲的人也會大哭
我喜歡平常不笑不哭
那種會讓人誤以為很冷血的人
因為他們不會在別人面前
輕易的流露感情
這樣
我就不需要花時間
再安慰他們了

瘋子

他和我說不可以
沉溺在一個情緒裡太久
可以想哭就哭
想笑就笑
但不能夠沉溺在
某一種固定的情緒當中
因為沉溺在某一種情緒中久了
會看起來像是瘋了一樣
只有那樣的人
才會持續的哭
或是持續的笑著

被害妄想症

已經不痛了
甚至不曉得到底哪裡受傷了
也或許從頭到尾
都只是一種被害妄想
從來沒有人打算讓我受傷

記得一個假日的午後
我窩在房裡打著線上遊戲
聽見客廳傳來電話聲
我用最快的速度
立刻衝向前想接起電話
還沒來得及走出房門
腳趾便踢到了桌腳
整片指甲硬生飛落
在那之後的好一陣子
我不再接起任何一通電話
討厭電話響起
討厭在電話另一頭打來的人

因為他們讓我受傷

還有好多事情也都是這樣
因為一個類似的事件
一個類似的眼神和舉動
會再讓我記起曾經
發生在自己身上的所有事情
特別是那些久久無法痊癒的
提防著所有人
把大家都拒於門外
而該怪罪的明明都是自己
是我讓自己受傷
只是習慣
把錯誤都放在別人身上
讓痛看起來沒有這麼愚蠢
讓痛看起來
還有這麼一點價值
至少像是

還有人願意來傷害
與嫉妒著我

安全感

把自己縮得很小很小
小到站在你身旁的時候
會有很強烈的安全感
可能是因為不喜歡承擔太多事情吧
總喜歡躲到有陰影的地方
讓那些在陰影之外的人扛著

將自己縮小的人
不好意思再放大了
再放大會覺得彆扭
覺得不像自己
卻也因為太小的自己
什麼都無法填滿而時常自責
但真的無法再將自己放大了
你知道包著自己的那層皮
就快要裂開

我害怕快樂

我害怕愛情
愛情會讓我變得卑微
讓我變得努力
努力做很多不想要的事情
只為了能夠讓你覺得
我是個很棒的人
然後把我那些很糟糕的事情
全部藏起來

我一定會很容易沉溺在性愛裡面
只要看到你脫光衣服
我就想要
想要這輩子都和你躺在床上
然後一起出國一起變老
一起拍很多有旅遊景點的照片
我害怕愛情
因為我害怕這些
都不會發生

我常常幻想各種不同的人生
幻想快樂與悲傷的自己
會變成什麼模樣
說害怕並不是真的不想要
而是如果真的有一天
我的夢想都成真了
我是不是不會再這麼容易
憤世嫉俗
然後和大多數成功的人一樣
開始寫一些
教大家怎麼快樂的方法

我害怕難過
難過一定會讓我想起
好多討厭的事情
最後再告訴自己一定要堅強
一定要勇敢的站起來

偶爾跌倒沒有關係
大家都會原諒你的
但是我想要的是
成為那種永遠不會跌倒的人

我害怕快樂之後
再也寫不出來
太深刻的感受
我害怕快樂
會是一種懲罰
會讓我變得太容易笑
太安於現狀
我也害怕有錢
有錢之後
我是不是不會寫詩
也不會做夢了
但是

我還是想要快樂
也想要錢

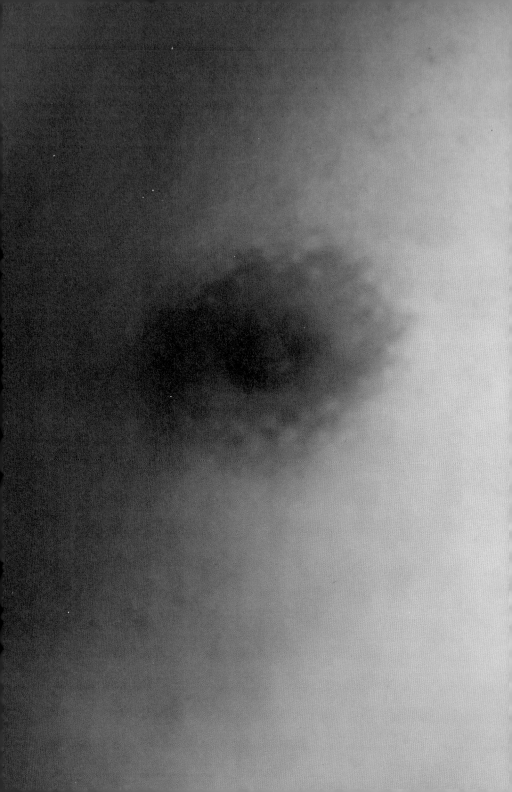

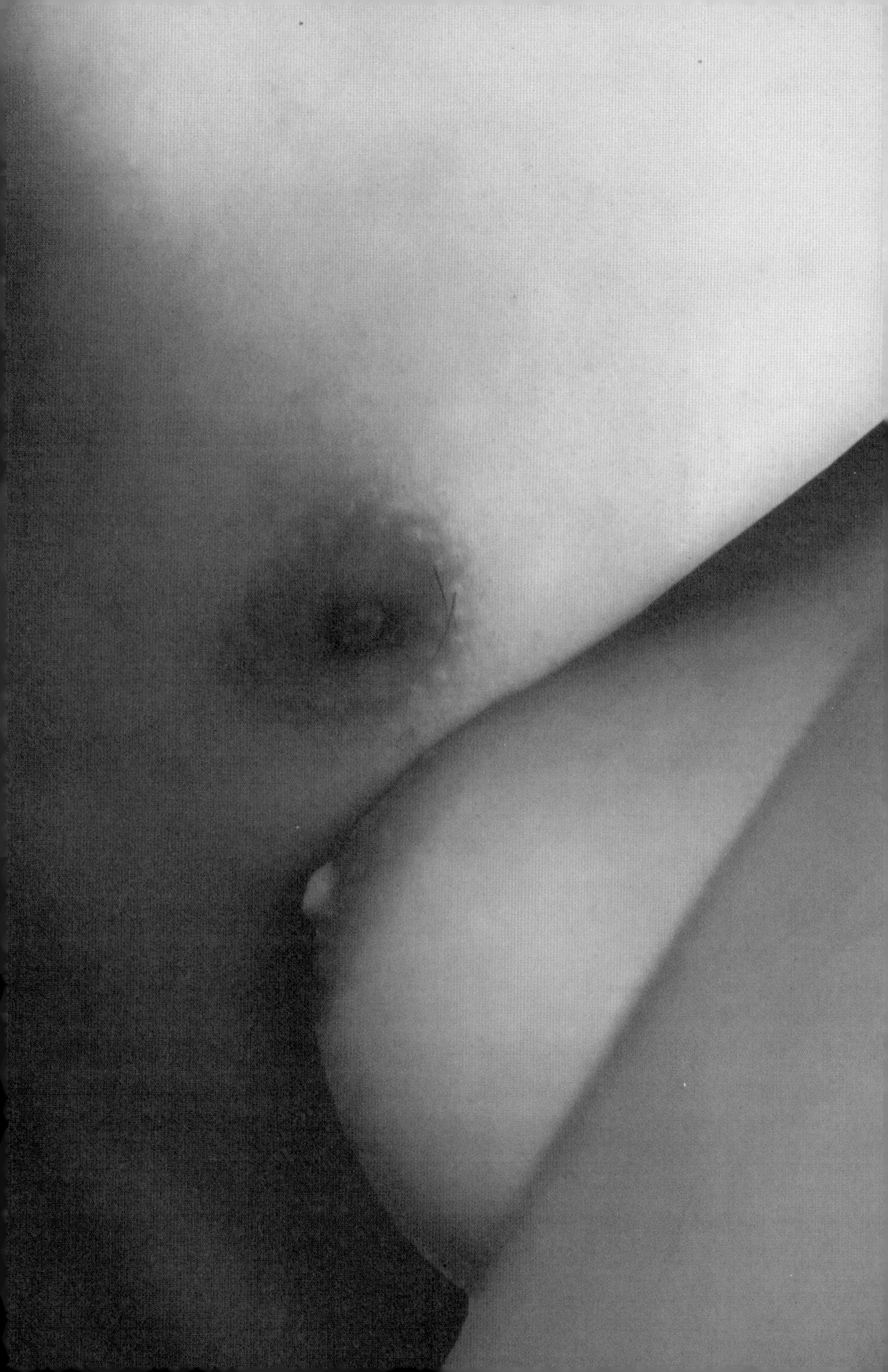

我才不是你以為的我

我害怕所有人
都覺得我
是個難過的人
其實我也會笑
並不是
一直
都在難過著

我害怕還有人
會覺得我
是個開朗的人
其實我也在哭
並不是一直都
在笑著

當我只表現出
一種情緒時
我便害怕有人

會覺得我是固定的
以為我就只有
那一種模樣

美麗但很醜陋的我

我坐在鏡台前
發現平常用的那罐粉底
再也擠不出來了
突然有點慌張
我希望在一些人的面前
假裝自己的皮膚看起來很好

「你的皮膚真好」

只要聽見這樣的稱讚時
我總會立刻遮住雙頰害羞的說
我有化妝啦
下一秒便偷偷跑進廁所
檢查自己的狀況

明明有一點乾
明明看起來就是很厚重的粉感
才發現自己太輕易聽信別人

很隨意便脫口而出的一句讚美
皮膚是假的
話當然也能是假的

每隔一陣子就要改變的髮色
是因為能讓自己看起來更有自信
日記封面上刻意挑選的微笑表情
是用來假裝自己的一天
都能在看見這張笑臉後有個愉快的開始

比起真花
我其實更喜歡塑膠假花
因為假花不會凋謝
也不需要丟掉
畢竟假的看起來不需要氧氣
也不需要用力呼吸
很輕易的
就能活得比我們漂亮

高級的人

一早起床發現
我們都不喜歡的那首歌爆紅了

我早就跟你說過
那首歌有很多廉價的地方
俗氣得每個人都能夠讀懂
語氣諷刺但我卻
嫉妒著它的俗氣
嫉妒了它的受人追捧
原來我並不是討厭廉價
與俗氣本身
而是和大多數人一樣

但是我早就是很廉價的那種人
我和大多數人有一樣的想法
總認為自己獨特
卻又同時渴望著他人的理解
欣賞大家都喜歡的長相

穿俗氣的服裝
渴望廉價的性與愛
去廉價景點和大家
賞著同一片廉價的星空
原來我們都好想成為廉價的人
高級的人一定在笑我們吧

漂亮的人都喜歡說謊

好多人都這樣告訴我
你好漂亮
可是這句話我也和那些
不漂亮的人說過
或許是我太常在說謊了吧
總認為別人一定
也都和我一樣愛說謊
所以並沒有真的
為此感到開心過

但有時候
我會遇上那種
真的很漂亮的人
漂亮到我不敢稱讚也不敢靠近
因為我好怕對方
知道我是個不漂亮的人
好怕他以為我在說謊
好怕他以為我的接近

是有目的的

最後還是他
先走過來告訴了我
你好漂亮

果然漂亮的人
都很醜陋
他們都
喜歡說謊

我害怕有人喜歡我

習慣在出門前打開冰箱門
覺得渴了
就喝一杯冰水
覺得餓了
就把吃了一半的蘋果
再拿出來咬一口
但有時候會突然覺得
冰箱裡面的東西好醜
然後用很快的速度
把它們通通拿出來
再丟掉那些我覺得礙眼的
最後總把與朋友約定的時間弄遲
把自己弄得狼狽
好像總能輕鬆的把一切搞砸
再把自己也弄得很醜

但就像我和你說的
我害怕有人喜歡我

卻一直讓你知道
能夠抓住我的所有方式
等到你真的快抓住我了
我又再把自己扮醜
扮成你最討厭的樣子
直到你真的離開時
我又想哭
想把自己鎖在房間裡尖叫
你喜歡我的時候
我想尖叫
你不喜歡我的時候
我也想尖叫

那些笑著或是哭著的人

一個人如果變了
多數時候都是我們
對於對方的了解
不夠深入或是透徹吧
畢竟有些人善於偽裝
甚至能就這樣偽裝著
過完自己的一生
有些人從不生氣
永遠面帶微笑著過日子
如果突然有一天
不再微笑也不再溫柔了
似乎很容易就會像是變了一個人

有時候或許不是變了
是選擇不再假裝
因為裝模作樣太累了
我們怎麼知道那些笑著或是哭著的人
都是真的想笑或是真的想哭

有些人善於偽裝
他們甚至能夠假裝一輩子

一個人如果不再像是你
最初認識時的那樣
我們應該為他們感到開心
不是變了
是他們打從一開始就是這個模樣
只是沒選擇讓我們看見
不是變了
是不想再假裝了

那些看不懂我的人

一定也都
沒什麼品味
那些被你
看懂的人

靠得太近就不美麗了

我們幾乎聊了一整天
午後我們約在百貨商場
用訊息附上了貼圖
告訴彼此自己的位置後
再一同前往咖啡廳

和他認識是三年前的事情了吧
在那之後我們都以訊息和彼此聯繫
見面的次數不多
因為我們都是不喜歡被時間綁住的類型
總覺得把每一次的會面
都提早訂出一個時間就成為了壓力
總是臨時互相邀約過許多次
卻也因為臨時而總是沒有約成

昨天他傳來訊息說
我有空了
他多帶了一位朋友

多帶了一份笑容
見面時我們擁抱也說了好多話
好多在訊息裡沒能說出來的話
我告訴他
有時候我羨慕他的生活
後來我們聊著彼此的焦慮
聊著彼此想成為的模樣
好多好多必須靠近了彼此
才能看見的模樣

結束一天的行程後
他說想來我家看看
我們便又用了好幾個小時的時間
用力的聊著
我們都喜歡一個人
我們都不喜歡交朋友
我們矛盾衝突
喜歡獨處

卻又希望有人能夠讀懂

他說以前總是太急著追求一個結局
一個大家稱羨
每個人都會為你鼓掌的美好結局
但後來才發覺
過日子本來就不應該有什麼結局
太早將自認為的結局給定出來
你只會一味的往前衝
一旦你看見的那個結局
不如想像這麼美好時
你便會開始失落
發現靠得太近的東西
都沒這麼美麗了

他離開之後我也才發覺
他沒有想像中這麼好看了
因為今天把距離都靠得太近

原來靠得太近
真的能把一個人變得不那麼美麗
不是把人看醜了的那種不美麗
也不是發現他的皮膚有多少瑕疵
而是發現原來我們都為同樣的事情擔心著
被同樣討厭的事情煩著擾著

原來人還是需要距離
需要一點幻想
才能讓一切
都不顯得這麼真實討厭

我討厭那個討厭自己的自己

找不到太多缺點
也沒有太多
好的地方值得稱讚
常常覺得一定有好多人
在嘲笑我
他們笑我笨笑我蠢
笑我怎麼這麼討厭
我自己

但是討厭
從來都不需要有
任何一種原因

我也很努力試著去找到
喜歡自己的原因
但是連那個
開始喜歡自己的自己
都也能讓我

覺得討厭

討厭自己本來
就不需要有任何原因
但也正因為有這個
那麼討厭自己的自己
才讓我慢慢不那麼
討厭自己了

我很醜

他從來都不是個會將情緒表露出來的人
遇到任何事情也總是優雅
溫柔的眨一眨眼
彷彿再嚴重的事情
都能像沒發生過一樣
他總是開心的笑著
好像沒有任何事情能夠打倒他

偷偷在你的貼文中發現
你寫下好多關於我的描述
知道那全是在說我
認識你的第一天
你就在寫字了
你說要把每一天都記錄起來
你告訴我
把想記得的事情寫下來吧
不然以後會忘記的
那時我都在心裡偷偷笑著

已經記得的事情
哪就這麼容易忘記呢

原本想留言和你說
但我還是沒有
因為我好怕你看見現在的我
就不會再用這些美麗的文字來記得我了

關於自卑

自卑的人
連稱讚都無法承受
一句讚美的話
都聽起來像是在嘲笑
因為他們打從心底
不認為自己有哪裡
是真的值得被人讚賞的
即使他是真的
真的很漂亮的那種人

他知道自己
很漂亮的那些模樣
都是很用力去假裝出來的
只要還有任何一點
被識破的可能性
他們就會持續自卑
直到那些不再需要偽裝的時刻
卻也還能再被人欣賞時

才會真的覺得自己
好像真有那麼一點好看

美麗與畸形

每一次拿起相機
拍下自己身體的某個部位後
總會想起一首自己
非常喜歡的詩

「我們曾是同樣形狀的胚胎
只是你在美麗 我在畸形」

當我意識到
正在做的每一件事時
才發現好多都是在這樣
不確定的情形之下突然開始的
突然的開始讀起了詩
突然的開始寫字
突然開始創作與畫畫
突然開始拍照
拍你和我的裸體

開始做起的許多事情
總是不確定
也不曉得自己在做什麼
不斷在迷失與混亂中前進著
但我知道有這樣一個聲音
在告訴自己
如果再不開始
就什麼都不會擁有了
即使
我們曾是同樣形狀的胚胎
只是後來
我知道我要的是美麗不是畸形

（記得當時看見這首詩時，是無比的震撼。因為那些曾經在腦裡迴盪著，卻還沒成為文字的想法，竟然有人已經替我說了出來；其實開始讀詩不到非常長的時間，而這些詩都被我用很零星的、很破碎的方式去閱讀。我的第一本詩集是鯨向海的大雄但我幾乎忘了自己到底是在什麼樣的情況之下決定買下它的。）

不會所有人都喜歡你

他說了一些
我不喜歡的事情
但我卻還是
用了最快的速度
來表示認同
即使我可能沒有真的
聽清楚他
想說的一切
我也總下意識的
立刻仰起嘴角來微笑

每一次都是害怕
害怕自己
好不容易才經營起來
的任何一種關係
會因為我開始
有了不同的觀點後
而產生裂縫

所以總很狼狽的
去迎合每一個
我並不一定
也認同的意見

因為擔心又多一個人
會來討厭我
擔心自己
突然太大聲的語調
又怕會有誰
覺得我在生氣
但本來就不會所有人
都喜歡我
明明我早就已經
這麼清楚這
一件事

反正我也很便宜

我會和好多人說不同人的壞話
和好多人說同一個人的壞話
看好多沒營養的影片
看好多營養的影片
羨慕那些嫁給了很醜卻很有錢的人
羨慕那些嫁給了很帥卻沒錢的人
去誠品時也會隨便翻開一本書
笑他的文筆笑他的長相
跟我滑手機的時候一樣

昨天收到了一張你傳來的照片
好大 真的好大
但我想那應該填滿不了我吧
畢竟我是那種很貪心又很壞的人
也還有好多好多的人沒有笑完
怎麼能先取笑你呢
反正你和他們一樣
都只有很大很大的東西

所以我還是把你封鎖了
因為我真的想用好多東西來填滿自己
好多你想像不到的東西

你沒有這麼糟糕

明明也有人愛你
你甚至長得比一些人
還要好看
只是稍微有一些瑕疵
但是大家不也都
是這樣嗎
你其實沒有
這麼糟糕
你明明還可以
去自己想去的地方
吃自己愛吃的東西
有好多好多很棒的回憶
是大多數人都沒有的
你明明沒有這麼糟糕

看見你我就想吐

遇見你之前 我是夢幻的草莓蛋糕
你是很粗俗的那種熱狗
再配上了酸黃瓜
好髒 好粗 好俗 好大

以前我還有一種
草莓蛋糕和玫瑰花茶的香氣
與姊姊送給我的馬卡龍甜味
可是在那之後 都是酸的

但我還是想把一切都與你分享
因為我不能再藏有祕密
所以看見你
就想與你傾吐我的全部
儘管我是錯的對的
美的醜的
反正看見你
我就想吐

你說的話總那麼好聽

難道精子
也存在空氣中嗎
不然為什麼
你說幾句話
我就覺得自己
快要懷孕
可能也
想要孕吐

關於你的一切都是臭的

那張說謊的嘴
你穿過的衣服
與我那早已沒了你的生活
和開始腐爛的心
當然還有你的下面
都是臭的

關於自私

你是不是
打從認識我的第一天
就決定要和我告白
你是不是早就
預備好每一個
在我拒絕你之後
要如何從我生活中
消失的方法

你是不是打從
認識我的第一天
就認為我們只是朋友
你是不是
早就預備好每一個
想要拒絕我的理由
等到我這樣
自私的想要闖入
你的生活之中

我們本來
可以走得比現在
更長更遠
不會只是這樣的朋友

我們
本來可以是
那種走得很長遠
甚至是一輩子的朋友

我只是想知道你裡面也和我一樣有更髒亂一點的東西

我喜歡那些寫得輕柔
寫得為賦新詞強說愁的文字
雖然偶爾我還是會好奇每一個
也擅於偽裝的作品背後
某些被忽略的片段
或者說
我喜歡幻想
但我喜歡幻想更真實一點的東西
這段開始寫字的日子裡
我比以往更多的去閱讀
閱讀過去我較少接觸到的那種文字
大家都談生活談日子
談愛情與迷惘
但總覺得它們似乎
永遠少了點什麼
好像永遠都在避開什麼東西似的
某次聚會的聊天過程中

意外得知美國部分大學入學
審核的其中一項標準
是檢查學生的社群網站
他們會從你的生活
你的貼文與內容中
去理解平日的你是一個什麼樣的人
即使那裡充滿了各種美好的假象
但即便是假象
好像也彷彿間接證明了
你能夠是一位擅於偽裝的人

關於偽裝與假象
又讓我想起成長過程中的自己
看電影時我總想知道
這部電影的主角上過廁所了嗎
那些長得漂漂亮亮的人
他們在用手機時也坐在馬桶上嗎
或是故事裡最正義的角色

也會做一些羞於啟齒的事情嗎
像是勃起時想被人看見

生活中有好多像這樣的情節我都幻想過
但它們都藏在我那微笑的表面之下
包括認識一個新的朋友
崇拜一位偶像
我都會用骯髒的想法幻想他們
總覺得能從他們身上察覺到某些
也與我相同的部分
自己和他們的差距便不會這麼大
不會覺得距離那麼遙遠了
彷彿總要經過這一個步驟
才能感受到對方是一位真實存在的人
畢竟把別人想得糟一點
都遠比貶低自己來的更容易一些

關於焦慮

焦慮的時候
只想好好的睡一覺
焦慮的時候
總把生活
過成了一所病院
病院裡
有醫生會告訴我
你一定會沒事的
也有一些路過的人
會說你明明每天都
看起來很快樂
怎麼可能會焦慮呢

但是我的焦慮
都是從快樂開始的
太快樂的時候
我就會擔心自己
有一天沒辦法像現在這樣快樂

有時候連續笑了好多天
就會開始覺得
等一下或是再過不久
一定會發生一件
非常可怕的事情
因為我把快樂
都用光了

我的焦慮就是這樣來的
連這麼簡單的快樂
都無法享受

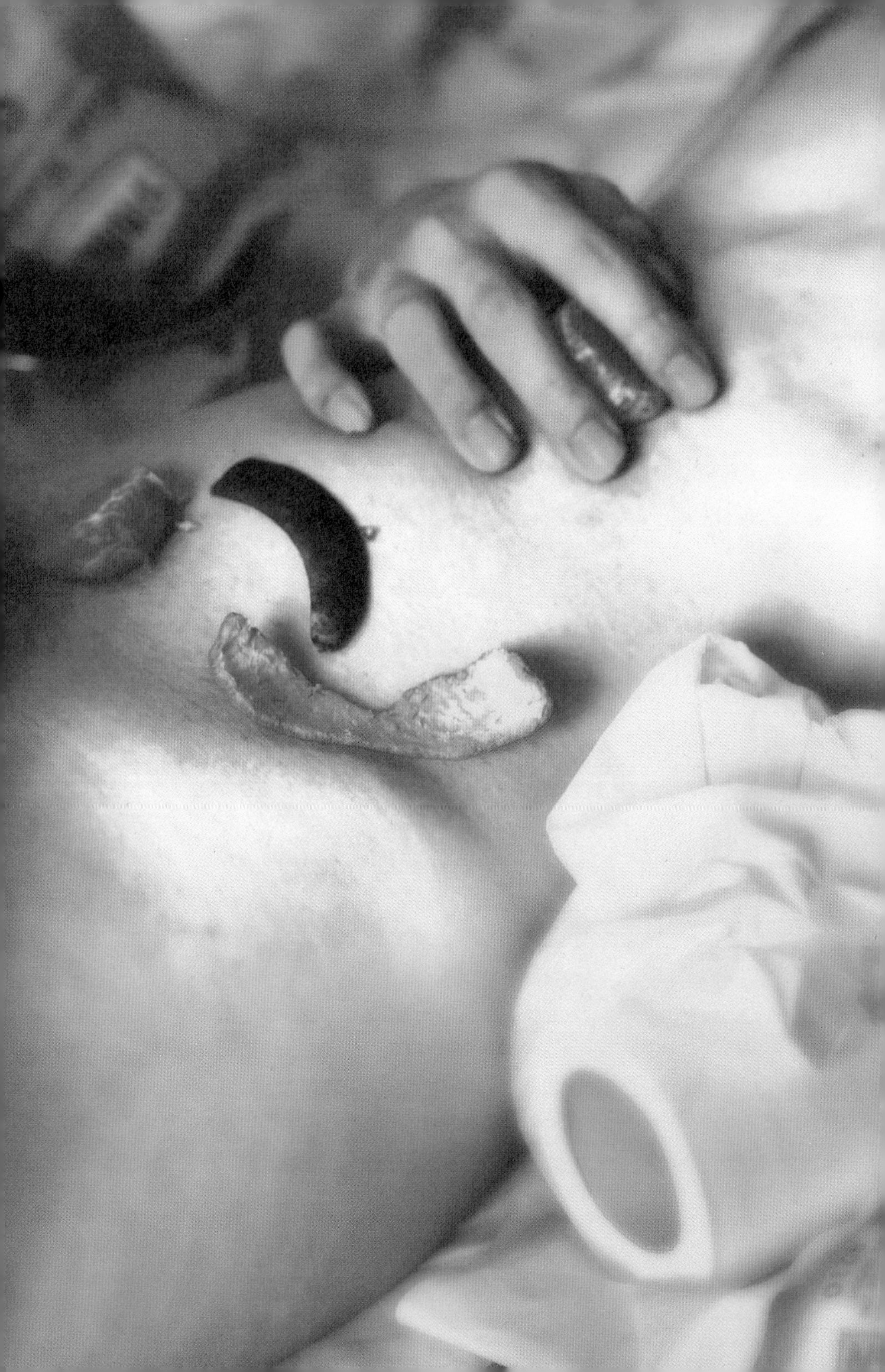

打手槍與玫瑰

關掉水龍頭
我從浴室走了出來
把已經脫至腳踝的褲子
又再拉回腰間
因為那些色情 淫潤的
所有關於比較變態的想法
突然消失了

退開了手機才剛搜尋好的網站
那些每一個等待著我欣賞的漂亮的肉體
今天都沒了感覺
有時候會這樣 很多事情都是
原本讓你興奮的事情
讓你感到愉悅的人或物
瞬間沒有了感覺

突然沒有了感覺
是因為回憶與思考壓過了慾望

那些赤裸的身體擺放在我眼前時
依然閃過我與他們交歡的姿勢
依然有一瞬間是
在腦中幻想著
與他們的故事情節

一樣是小小的房間
有一張床
有一扇窗戶
有一些午後的陽光
這才想起了曾經和你的對話
我問你
你覺得我好看嗎
你說 應該算是好看的吧
至少是那種會讓人遐想的好看
原來有些人見了美麗的花朵
是舉著手槍想將它們射下

把其他渴望覬覦的人都視為仇敵
試圖把它占為己有
而有些人則是渴望成為
想著該如何將自己活成同樣
讓人渴望侵犯　渴望占有
可以骯髒也能夠純潔的美麗

陽光男孩

想你的時候
我會抬頭看看太陽
想像陽光
是你
把全部
都射進了我的身體

美少女戰士

好希望你用愛
與正義來懲罰我
不要代替月亮
不要找任何藉口
就為你自己
和我戰鬥一次

讓我知道
骯髒的戰士
一定戰勝不了
像你這樣的
美少女
穿著迷你裙
要全世界與你作戰

／

你在我的胸口睡著

你是那種人見人愛的美少女

我在你的胸口睡著
我是那種人見人愛的美少女
戰士

求婚

我把鑽戒
套在我的下面
在很多人面前
放進了你的裡面

離婚

你把鑽戒
套回了我的上面
和我說
放在這裡
比較正確

哈利

聽你提起他的名字
那上揚的嘴角
從來都不曾和說到我的時候一樣
只要提起了他
連你都顯得特別好看
而我 便醜陋了
醜陋在嫉妒時的表情
醜陋在我不願意相信
我光想都覺得難看
不然我其實
長得很好看的

聽你笑著說現在的生活
他想必給了你
我無法給的東西吧

像是你和他提起我時
他卻沒有顯得醜陋

妙麗

她光是名字就比我好聽
而且是那種從很遠的距離
不管是聲嘶力竭的吼著
或是喃喃的像是在耳邊的細語
都絲毫不減那連名帶姓的優雅氣質
我的則是宛如市場叫賣
菜一般的充滿土味

你和我說
她不曉得該如何一個人搭火車
於是你陪著她去了一趟
兩天一夜的旅程

她說她的嘴巴或許比較笨拙
需要多一個人告訴她
這道料理真正的滋味
她從南到北 從上到下
從天使為何墜入了地獄

又或是我為什麼憤世嫉俗
她都不會知道

或許 正因為我比較聰明吧
我總是站在你的身旁
看著一個又一個的裝瘋賣傻
可愛的令你陶醉
透明的讓你心碎
而我卻只能聰明的
這輩子從此與你錯過

愛德華

把愛
剪碎了
隨風吹向大海
把你
剁碎了
隨便
就塞進冰箱

告白信

我要在你面前
用力脫掉褲子
讓你看看
我的下面
因為那是我
唯一會說愛你的地方

分手信

我要親眼看著你的下面
放進別人的嘴裡
這樣我就可以
再讓那些新的東西
放進來

愛情

我和你的愛情
為什麼
總好像我喜歡的那種
A片情節
我一直把你弄痛
然後
你一直哭
卻從沒說過不要

愛與被愛

突然下起了雨
你抓起兩把
放在玄關的傘
就跑了過來
我看見你撐傘
微笑著
等在我打工的餐廳外

愛

他們都說
要給你愛
要你將
自己打開
要給你那種
前前後後
吞進去
又吐出來的愛
每一次都很痛
每一次你都把自己噎到
你不知道
愛
原來這麼痛

直到後來
你才發現那
不是愛
但是你已經把

自己弄髒
然後你開始
討厭愛
討厭把
自己打開
討厭他們
想叫你打開

因為你知道要進來的
都是會把你弄痛的東西

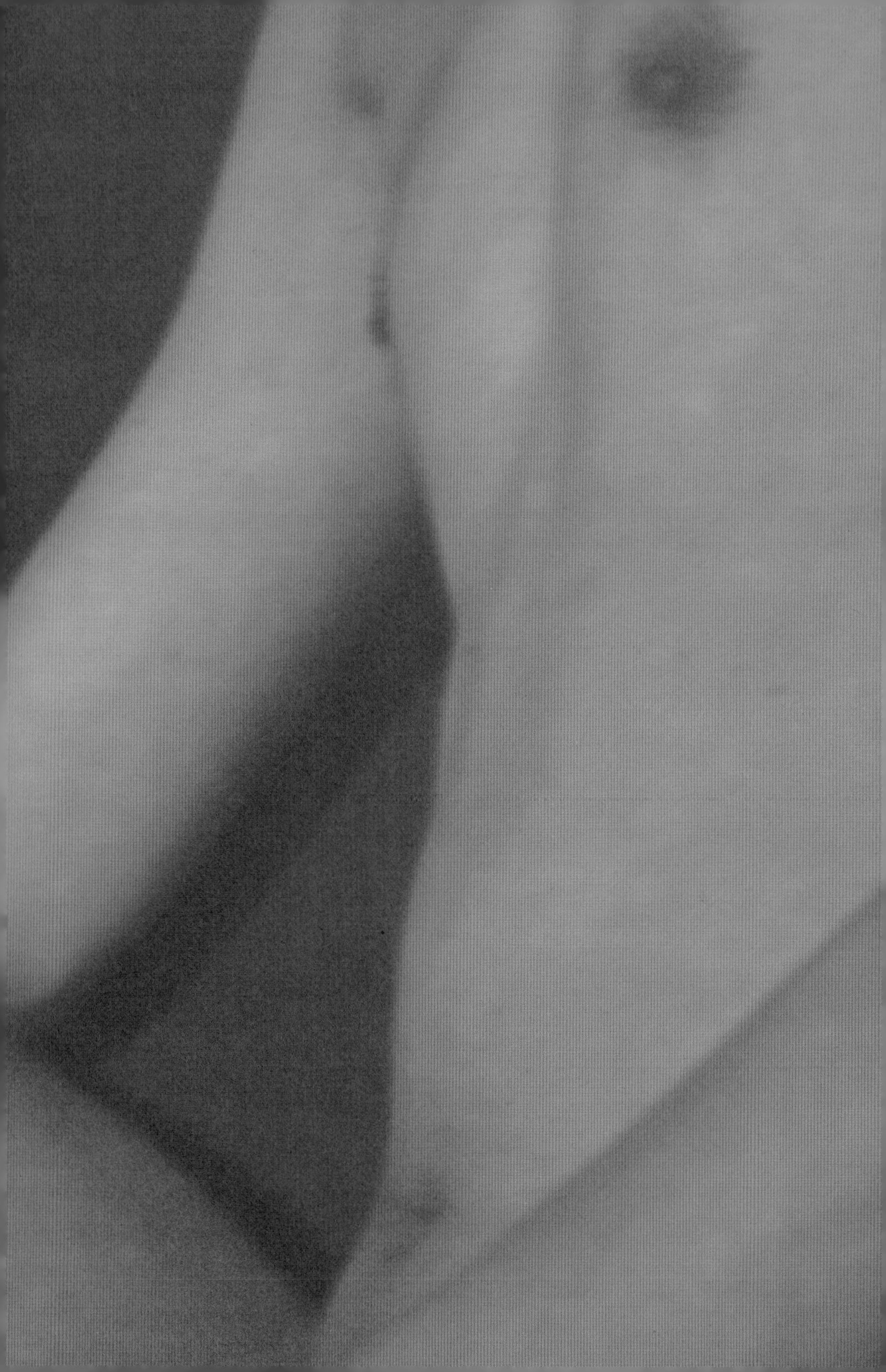

死

這世界很奇怪
總要有人死了
才會開始意識到
事情的嚴重性
但死又不是什麼
特別嚴重的事

了

好了
夠了
倦了
掰了

我愛你變我愛過你

2017 11/24

你放下遊戲搖桿，和那群偶爾聚會一次的朋友說，你必須走了。他們好訝異，你竟然不再通宵陪著大夥一起打電動，不再留到最後一同打著赤膊小酌一番加上深夜的鹹酥雞了；你向大家致歉，便趕緊穿上布鞋跑下樓。用盡全力地奔跑，才終於搭上了僅剩最末幾班的捷運後，趕上了公車

你氣喘吁吁的敲著我家的門，我還記得你，那因為奔跑而全身溼透的狼狽模樣

你只是用力的抱著我
然後說了我愛你
我就淡淡的問了你一句
大半夜跑過來
只是想特地跟我說這句話嗎
你說，恩

2018 11/24

你變得很神祕

2019 11/24

你打電話說不能回家吃晚飯
你說這個禮拜公司需要你去加班

2020 11/24

我愛你變我愛過你

說愛我

我常常會突然生氣
氣到我沒有辦法再和你
說任何一句話
你說我真的好奇怪
說我是不是
特別貪心

你說
下禮拜要帶我出去玩
我幹嘛又要擺著一張臉

你說
明明也說了要陪我一起去
搭一次火車
或是做一些平常我們都
不敢做的事情

你說

你不是都說了嗎
我為什麼卻總還是
這麼任性

我把電視關了起來
我在等你用簡訊傳來
說
我愛你
然後繼續生氣

你說
你不是
都說了嗎
我幹嘛還又生氣
因為你都只是用
說的而已

我愛你

我的悲傷如果
沒有人看見的話
那我就要再多哭幾次
我要讓大家知道我
是那個當下
最悲傷的人

笑的時候
也總是想盡辦法
讓大家知道
我笑出來的原因
生氣的時候
把憤怒全寫在臉上
想要的時候
就把褲子解開
但是我
愛你卻不敢說

說什麼我愛你

在你們一起顫抖
又更明白什麼是溫柔的那晚
我也曾輕柔的
用饅頭夾過他的蛋
有時候
你得相信一切有盡頭
沒有什麼會永垂不朽
等到風景都看透
也許
沒有人會陪你看細水長流

有一天我會愛上一個人

穿上了前陣子為慢跑而買的跑鞋
七點零三分
只花了三分鐘便走到了住處後方的河堤公園
吹著微涼的風雖然舒服卻有點擁擠
選擇在早晨來河堤慢跑的人
比想像的來得更多
原以為大家會和我一樣在床上發懶
讓日子一天拖著一天
把每件想做的事情都給遺忘
但事情總是這樣
總是比我想像的更好或是更壞

當我想得美好一點時
事情便會走得更壞
當我想得再糟一點的時候
事情卻又變得比我預想中好了一些
於是我不再去預想許多事情了
不再去預想自己

非得愛上一個什麼模樣的人
不再去預想自己會過上什麼樣的生活
畢竟日子很難預知
反正走著走著
便會在突然之間
走上一段曾經想像的生活

有一天 我會突然愛上一個人
愛到我忘記了自己

有一天 我會突然愛上一個人
一個人吃飯 一個人旅行
一個人
害怕忘了自己

你以後一定不會像現在這樣愛我了吧

早上起床
發現你傳來許多訊息
和一百多通的未接來電
你以為我不理你了
你慌張的問我
是不是又生氣了
我沒有回你
就去刷牙
打算出門買完早餐
再跟你說話

我打開門準備下樓
看見你提著早餐和一束花
在等我出現
你一定是瘋了
我不過就是昨晚
忘了充電

我知道你以後
一定不會再像現在這樣
對我這麼迷戀了
所以今天晚上
我還是要讓手機沒電

我想你一定喜歡現在的我

我長大了
我不愛哭了
我能夠自己搭飛機
去一個人旅行
甚至一個人
睡一張床
也不需要有你
躺在旁邊了

我現在更喜歡煮飯
順便邀請朋友
都來家裡吃飯
讓他們覺得我不一樣了
不再喜歡吃泡麵
不再讓人家覺得
我唯一會的一道料理
是按按飲水機上的熱水鍵

我現在會打掃房間
不再生氣就不說話了
我把頭髮剪短
也開始買一些正式場合
能夠穿的服裝
我把你討厭的每一件衣服
也都丟掉了
看見以前自己穿著那些
很鮮豔滑稽的顏色
都覺得愚蠢

原來你真的
都只是為了我好
原來你一直要我
變成那種
很成熟的大人
變成那種每個人看見了
都一定會喜歡的模樣

我想你一定
會很喜歡
現在的我吧
因為我們最終
都一定
會變成那副模樣的
不是嗎

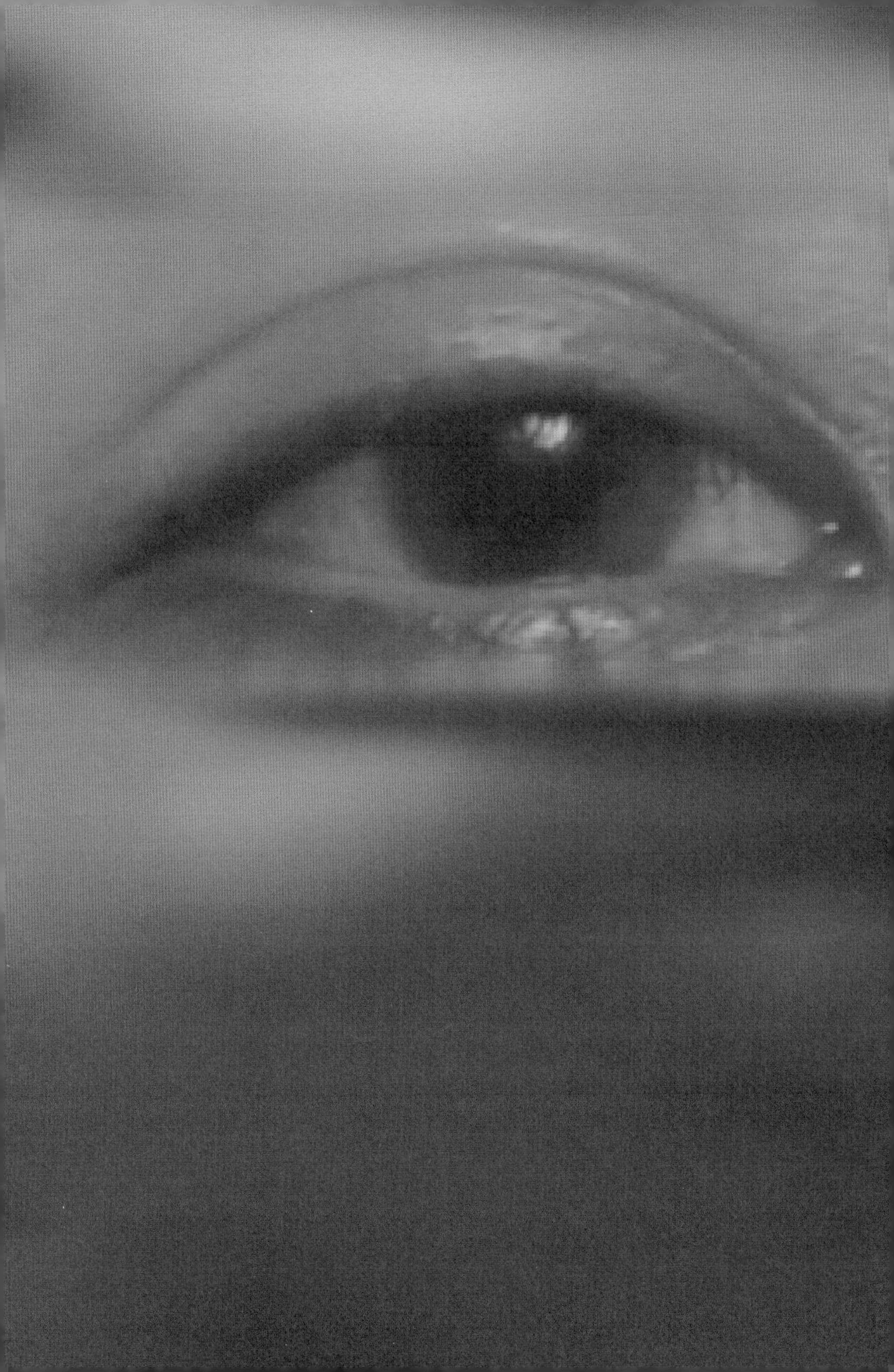

我想你想死了

我想你想死了
我想你
想
死了
卻
沒告訴你

我喜歡你

我喜歡你
但我也喜歡我自己
如果喜歡你
要把一部分的我
也送給你
那我可能
還需要想想

因為我
對自己很好
我會買很貴的東西
給我自己
也知道怎麼樣
讓自己高潮
哭的時候知道
該怎麼安慰自己
我喜歡一個人看書
我喜歡半夜

關燈自己一個人
聽著音樂
但如果喜歡你
要把一部分的我自己
也送給你
那我真的還
需要想想

除非你也喜歡
一個人看書
喜歡半夜關燈
自己一個人聽音樂
除非你
也喜歡你自己

我也喜歡你

把今天的假日
挪出來陪你
但是昨天
我和他
還去看了場電影
電影裡的臭男生
哭著對她說
我喜歡她
但我也喜歡妳

電影結束了
我學電影裡的人
跑回去哭著對你說
我喜歡他
但也喜歡你

你說真的嗎
我說沒有

我只是在學
一句電影台詞
想知道你會不會
有什麼反應

你說
怎麼可能
我這麼愛你
哪有可能還會
喜歡別人

我會試著愛你

有一些人從來
沒有意識
他們無法意識到自己
能夠完成任何事情
即使只是一件
非常簡單的小事
他們無法決定
他們不喜歡選擇
但只要有一個人
能夠很堅定的
告訴他
他能夠做到的事情
他便會無所畏懼的
去完成每一個你告訴的
他能夠做到的事情

他會試著
變成你想要的樣子

他會試著
改變自己的個性
他會試著愛你
試著變成一個很棒的人
只要你提出要求
他就覺得自己的人生
突然有了方向

但我還沒遇見過
這樣的人
因為有很多比我還
更敢要求的人
那些成天哭鬧的
都得到了愛
原來會吵的人
好像真的有糖能吃

我沒辦法喜歡你

你靠近我
我就想變成那種
你喜歡的模樣
然後將本來
更漂亮的
那一個自己
給藏起來

你打電話
我的聲音就
會變得輕柔
你打手槍
我的聲音就會再
變得更輕柔
如果你打遊戲
我就也成為你的
宅男
或是女神

但是我真的
沒辦法喜歡你
因為我也沒辦法喜歡
上那樣的
我自己

真的好討厭你

討厭當初遇見你
討厭當初開口和你聊天
討厭你總是對我笑
討厭你從不對我生氣
討厭你到最後一刻
還笑笑的離去
好像我永遠都沒辦法
真的討厭你一樣

我會真的喜歡上你

不然我們就
在一起吧
但我們不是
早就說好要一直都是
好朋友嗎
那為什麼你總是在
總是在我身旁
和我開這種
很可愛又
很好聽的玩笑
你再這樣我會真的
喜歡上你

你是不是還在喜歡我

又看見你
偷偷跑來看我
我的限時動態
在才剛發出去的
那幾秒鐘
就看到了你
看到你一張照片
都沒發過的那個帳號
還是我幫你註冊的
你笨到不知道大家
都在玩這些
很麻煩的東西

你以前都說
你不知道
你沒看到那些
我其實都故意在
發給你看的

笑話和語錄

那時候我總天真的以為
自己有著隔空對話的能力
殊不知後來好像才是我
需要有人隔空
來幫我抓一把藥
不然我會一直以為
你是不是還在喜歡我
以為你又跑來看我的限時動態

如果你不愛我了

戀愛時
總有好多好多
好多其實都只是
只是在確定你
對於這段關係的重視程度

我會問你如果有一天
我們分手了
我們還可以繼續
當朋友嗎
我也會跟你說
如果有一天你不愛我了
能不能一定要告訴我原因
只要你回答了點頭了
答應了我
就會開始鬧
因為你
覺得我們會分手

因為你讓我
說的那些如果
變得好像都真的會發生

如果可以重來一次

做了一個夢
夢到自己得到了可以
重來一次的機會
如果可以重來
我要把每一件你不喜歡的事情
都做一遍
然後比你還要先說出分手
反正
這是夢

又做了一個夢
夢到你得到了可以
重來一次的機會
然後你又對我做了好多
可以讓我開心的事情
但是這
是夢

夢真的好煩
憑什麼一直重來

那是我的第一次

我做每件事
都會第一個想到你
我不要你來載我
也不像以前這麼任性了
我希望你有時間的話
可以多睡一下
吃到好吃的巧克力
就想要立刻和你分享
把它冰在冰箱
又怕它變得太硬
怕它變得和我第一口
吃下去時的感覺不太一樣了

我也不再像從前
總是想收到一些
很特別很貴重的禮物
我希望你把錢存下來
開開心心的

即使只是寫一張卡片
我都會真的感到開心
我甚至可以學開車
我也可以試一次
載你上下班
只希望你能在很忙碌的一天
去感受一下這種
很簡單的付出

那是我的第一次
第一次覺得自己好像
知道什麼是愛了
但是也就只有
那麼一次

你在幹嘛

剛開始你傳來問我
我總是期待
期待以後的每一天
都有你的問候
但後來我不知道自己在幹嘛
我總是會成為那個
先消失的人

在任何一段
即將展開的關係之前
我就會選擇消失
因為不敢投入太多情
因為怕你
看見太多的我
所以我總是先逃跑
怕你有一天
會比我還要先不見
比我還要先讀了訊息

然後不再做出回應
沒有剛開始的笑臉貼圖
也不再每一句話的後面
幫我點上愛心

怕你吃飯的時候有聲音
怕我們的第一次約會
你會看見我臉上的痘痘
都是用很厚重的粉底蓋住
怕你以為我
有修圖的那些照片
都是真的
怕你
把我想得太美好
好怕我
也把你想得太美
所以我就先不見了

因為我知道
再怎樣的喜歡
一定都會有人先打算離開
因為害怕結束
也不敢隨便養貓或是狗
甚至是栽種任何一種花草
我好怕牠們又會
再死掉

我知道很多事情
都必須不斷的學習
要學習勇敢
學習面對
但我真的還沒有
準備好面對
等我成為了那個
面對我自己
都不再隱藏時

我就不會再消失不見
下一次你問我
在幹嘛時
我希望我已經在
準備出門和你約會的路上
而不是消失了

你不可以喜歡別人

在臉書或是其他任何
也能夠留言的地方
看見你們
和我也都共同的朋友
互相留下了留言
我就會覺得自己
沒這麼受歡迎
或覺得自己
一定沒這麼討人喜歡
可能我就是很容易覺得自己
在被討厭
那些說自己很邊緣的人
我總是用這個
很奇怪的標準
來看他是不是真的
很邊緣
不管
我就是要用這種方法

我還是沒有辦法停止這種
像是嫉妒
像是占有慾的東西
也許我就是很任性
只想要大家
對我的喜歡
是獨一無二的
連愛
都不想分給別人
連分享都無法做到

你不要過得比我好

你突然又傳了訊息過來
幾句關心之後
就說你談戀愛了
你說你們會在假日
一起去爬山
你說他是你唯一
不是用交友軟體
認識的對象
你說你們是在
工作場合遇見的
你說他很溫柔
你說他像我
你說有時候你們還會
在很忙很忙的日子裡
硬是擠出時間
陪彼此看一場電影
你說你以為離開我
就不會有人像我這樣

讓你這麼喜歡了

你問我
談戀愛了嗎
你說你希望我
也像你現在一樣
這樣開心

我說沒有
因為談戀愛好累
好麻煩
如果又遇到像你這樣的人
我一定還是會很生氣
你只是又敷衍的笑一笑

你真的很討厭
拜託你一定
不要過得比我好

這樣我才真的有可能
也像你現在一樣
這樣開心

想要被你喜歡

我總是喜歡上那些
比較危險的人
我想知道自己是不是那個
很獨特的人
獨特到可以讓憤怒不見
讓壞脾氣的人都能夠融化
只要有那種看起來
或是真的
比較壞的人
我就想被他喜歡
我會想盡各種方法
站到他的旁邊
讓他也對我
有同樣的好感

但是我沒有這麼獨特
那些被我喜歡的人
都不喜歡我

所以後來
我都喜歡原本
就很好的人
再想辦法
把他們變壞

我的愛情走了，後來又回來過一次可是我卻沒在家

讀詩就是這樣吧
和聽歌與看電影一樣
它們雖然有自己的模樣
但每個人看見與聽見的
都各不相同

我們總認為自己能抓住許多東西
最後卻都碰巧錯過
其實不只愛情回來過一次
好多東西想必都回來過吧
只是有時候我們是真的不在家
有時候是我們不想把門打開
更有時候是假裝不在家又或是
不敢再把門打開
因為我們都曾經
開過那一扇門
只是最後回來的
都是適合住在垃圾堆裡的人

不是我家

（本篇為任航《愛情》讀後感言）

我們就這樣吧

那間房間幾乎只塞得下一張床
是那種很小 很小的套房
窗外是五層樓高的距離
能看見的街景
一眼望去
其實也只能看見麥當勞和
幾件懸掛著等待晾乾的內褲

我快下班了
你想吃什麼嗎
每個週五的下班前
我都會傳簡訊這樣問你
你要草莓
泡芙蘋果麵包
你還要一些巧克力
你說要比較貴的那種
如果有滿天星和洋芋片
也多買幾包吧

我其實很想念那段日子
想念每個週末
我們都會躺在那間小小套房的床上
吃著我買回來的一堆零食
我們做愛
再不小心把草莓泡芙壓碎
你會笑
然後又突然生氣
說我為什麼只買了一包
草莓泡芙
所以後來
我都會再多買一些
就這樣持續了好久 好久
然後你說這樣的生活太舒服了
你不想要

我們能不能別再愛了

可不可以
不要再愛了
都去多看一點書
多交一點朋友
去一夜情
或其他一些
更愚蠢的事情
因為愛真的讓我們
看起來好笨
笨到沒有人
還想再喜歡的那種程度
絕對不是那種還能
裝裝可愛的笨
是真的
看起來很笨
還很好笑

我和你的差別

習慣了去反省自己
雖然在每一次反省過後
也不見得會認真的做出改變
再回頭看看過去的每一天
原來是這麼的討人厭
對好多事情憤怒
把日子過成了一團爛泥
也總是不珍惜還留在身旁的事物
過於消沉 用太真實
太幼稚的自己與你相處
難怪你當時要離開我

你什麼時候才會長大一點呢
只要聽到這句話
我總會立刻和你爭吵
認為長不大的人明明是你
後來我花了好長的時間
才走上了你當時的路

才明白原來你真的愛過我

現在的我 也不喜歡聽到太多抱怨

不喜歡那個過於消沉的他

不過我和你的差別是

我沒有因此放棄

你不喜歡我了嗎

沒有收到你的訊息
我就覺得自己快要死了
你不喜歡我了嗎
我們昨天
不是還有做愛

吃早餐的時候
傳了一句早安給你
你沒有回
原來愛情不是從
做愛開始的嗎

可是有好幾次
我的愛情
都是這樣開始的啊
我們做愛
看電影
吃飯

聊天
也有時候是
聊天吃飯
看電影
然後才做愛

反正結局好像
都差不多

你怎麼又不理我了

你怎麼
又不理我了
是不是
我一直密你
你怎麼又
理我了
是不是我一直
沒密你

你以前不會這樣

突然連你吃東西的聲音
都無法忍受
你新買了一雙室內拖鞋
鞋底拍打著地板的聲音
比舊的那雙還要大
你吹頭髮的時間也更久了
手機隨著訊息整夜不停的震動
你癱坐在沙發上看著直播大笑
只要從你身上發出來的任何一點聲音
都開始讓我感到煩躁

你以前不會這樣啊
我們都這樣告訴了彼此

被那樣的人喜歡過

用盡一切保護你／溫柔／對你彷彿有一些懼怕／凡事都先問過你／從不生氣／你和他吵架時他都會先哭／即使總是你有錯在先他都會不發一語不想和你爭論／總會裝著無辜的表情和你說話／他可愛的像個孩子卻又比你懂得許多

好多時候
在夜晚閉起了雙眼微笑著
因為知道自己
被那樣的人喜歡過

悲觀主義

你其實很樂觀
因為你還是相信
所有關於美好的事情
都是真的

你還是相信一見鐘情
你還是相信細水與長流
相信在吃了許多甜點與美食之後
就一定會感到開心
你相信童話故事中的夢幻城堡
相信白馬永遠都有王子
相信月光永遠都有仙子
你相信真愛一定存在某個地方
所以你絕對是個樂觀主義者
你只是相信這些
都不會發生在你身上

完美錯覺

刺蝟很難互相取暖
只要彼此靠近
牠們就會被對方的刺弄傷
和人類一樣
即使我們的皮膚表層
如此光滑
我們卻總寒風刺骨
我們總語中帶刺
我們一個眼神
都能使人受傷

但我們卻錯把自己
當成玫瑰
一直誤以為別人
渴望覬覦

整人遊戲

我們永遠都不會走向自己
設定好的每個終點
只是沿著路途所碰上的每一種意外
不斷將就著 不斷改變自己的方向
然後再從這些其實不這麼糟糕的路上
繼續往前走
直到你終於又找到
讓自己再一次感受到心跳的理由
直到你以為又看見了前方的終點時
它 改變了方向

成人遊戲

從他清澈的眼神裡
我看見自己的汙穢與骯髒
或許正是這些原因
我才想要逃避
才想將
自己藏匿

從他純潔的眼神裡
我看見了如此
髒亂的自己
正因為那樣混亂的我
才更應該談論愛
才更應該假裝
自己懂愛
才能看起來
更像是個人

有洞的人

和他有過幾次交談
約過了幾次會
多數時候都在下午
四或五點接近傍晚之間
太亮的陽光
會讓我有那麼點不自信
可以的話
我總是挑選這個時間與人碰面

搭不上太多話也幾乎都是他在說
他分享了好多關於
生活中的一切
我都聽不懂
不曉得是他辭不達意
還是我知道的太少
到底我是有洞的那個人
還是他才是那個有洞的人

只是我一直認為有洞的地方
至少就能夠裝進東西
不管裝進了什麼
都一定能從那些放進來的東西裡
得到任何一點充實感
哪怕它很小很小
所以我還是讓他進來了
他知道我在尋找有洞的人
我也知道他在尋找有洞的人
我們互相往對方的洞裡放一點東西
但是後來 他的洞跑到了上面
從下面跑到了上面
我沒辦法從那裡再放進任何東西

落難記

你用了各種低俗
驚悚的字眼形容他
讓那些還沒放進嘴裡的食物
落荒而逃
而正在嘴裡的
也著急得奪門而出
也或許 還有眼淚

與你共同用餐的人告訴你
吃完再說吧

你只是搞不懂為什麼
做壞事的人
最後都活得好好的
甚至最後
都比你還要幸福
然後你的生活
還是一團糟

糟到所有的壞事
都像是你做的一樣
因為懲罰
都落在了你身上

逞強

談戀愛時
總會消失的那位朋友
突然又出現了
他說想來找我
其實
是可以拒絕的
但我知道這麼突然的出現
一定有他自己的原因

提著一手啤酒
進門後便趕緊告訴我
你連續兩天
都不小心割傷了自己的手指頭
不過沖沖水 塗點藥之後就沒事了
你說以前就被割傷過
所以知道那種痛 也就有了準備
真的受傷好像就沒有這麼難受了
因為知道自己受傷之後

該如何處理
知道在每一種傷口出現的時候
該如何解決

所以你來找我了

你喝了一口啤酒
說這次應該是真的分開了
然後你將手指頭的 OK 繃
用力撕開
用力的流淚

停止

常常覺得所有的事情
都是在你看見的那一秒
才開始運轉
當你撇過頭去
一切便又停了下來

走進速食店
人們好像才開始點餐
而餐後的幸福感
依然停留在嘴裡
路過唱片行
旋律開始流動
那些刻苦
銘心的歌詞
也停在了心中
經過那家新開的麵包店
香氣才正瀰漫開來

如果一切
也都能停留在射出來的
那一瞬間
該有多美好

擁抱那總是不夠高分的自己

睫毛膏又乾掉了
你不死心的將刷頭擺到了眼前
快速的來回抖動
什麼也沒有
那些三倍四倍捲翹的魔力
通通沒有發生

淡紫色的眼影
莓紅色系的唇膏
還有帶了一點珠光的粉餅加上睫毛膏
你將開架式彩妝櫃上挑選的這些
他曾經稱讚過的化妝品
都放進了購物籃

你擦這個顏色的嘴唇很好看
每一次他說出這句話時
嘴唇都幾乎疊在了你的雙唇上
那時候你真的相信自己

擦上這個顏色的嘴唇很美麗
至少他一定是這麼認為的

不再捲翹的睫毛
不再淡粉的嘴唇
你不確定今晚
他會不會稱讚你
或是因此
而不再對你感到興奮
他牽起了你的手
走在夜晚的商圈徒步區
你一眼也不敢看向他
經過街邊的櫥窗玻璃 偶有的鏡面
便立刻開始不斷的注意著自己
你的不自在幾乎全寫在了臉上
他說你今天好像有點不一樣

可能是因為

我今天沒有化妝吧
你問他今天的你是不是很醜
他慢慢舉起你的雙手
親了一下 再緊緊的握住
然後他的雙唇
又幾乎疊在了你的唇上

關於快樂

總是羨慕好多人
羨慕他們全都
活得好像比我漂亮
他們有簡單
又平凡的生活
有大家覺得漂亮的衣服與鞋子
但我其實沒有一定要那些
很漂亮的東西
也沒有一定要穿上
很好看的鞋子
我甚至一點也不在乎
我只想找到我自己
活在我自己的小世界
但為什麼當我做著那些
自己很喜歡的事情時
卻好像沒有真的
感到非常快樂

好奇怪
快樂不是應該
很簡單嗎
能夠找到自己
能夠真正的曉得
自己是誰
然後只要朝著
每一種自己
想要成為的模樣
努力前進就好了嗎
可是為什麼還是
不容易笑出來
是不是因為
真正的我自己
是錯的
錯誤本來就
很難讓人笑出來吧

恐懼給了他

他輕輕的
收回了枕在你頸後的手臂
從床邊坐了起來
你突然說
這是我的第一次
或許是過於驚訝
他並沒有立刻做出反應
看著他的手指由下而上的
緩緩扣起鈕扣
白色的襯衫
又回到了他的身上

還是能感覺到他的指尖
剛才滑過身體每寸肌膚的餘溫
他走回床邊
摸了摸你的頭
說我會好好愛你的
那天晚上

你並沒有立刻洗淨這副
剛才使用過的身體
而是在他走了之後
還花了一段時間躺在床上
想著你和他所有的第一次

第一次收到他傳來的訊息
第一次見面
第一次對你微笑
第一次牽手
第一次擁抱與親吻
第一次因為你而吃醋
第一次覺得他可愛
第一次這麼在意一個人

每一種與他經歷的第一次
都能因為那個難以言喻的感受
回味好久好久

等到再經歷下一個與他的第一次
又能繼續延續那份美好的感覺

直到他頭也不回的離開後
你第一次感覺到世界崩塌
感覺到全身瓦解
然後帶著這個感覺好久好久
等到你又碰上了下一個他
那種對於不確定的恐懼
也延續了下來

後來連你也死了

先幫我點一份甜點吧
以往你總是會在群組中這樣回覆大家
以為你會一如往常的又來晚了
但是那天你帶著他先抵達
比我們任何人都還先坐在了座位上
那是第一次你帶著他參與我們的聚會
他是那種會吃甜點的男生
那種不會一口就把甜點吃光的男生
那種全程笑著
為大家在餐具下先墊了張紙巾的男生

我覺得就是他了
記得你是這樣告訴我們的

好像我們終於不用再依賴甜點
只要聽見你和他的故事
與你們往後的每一個瞬間
都更讓我們感到真正的喜悅與滿足

彷彿曾經在夢中刻畫的完美輪廓
都真的存在
只是後來連你也死了

原來每一段故事的最後
都還是像我們曾深陷的那種爛泥
一旦踏入便不斷掙扎
然後渾身充滿臭味

那我就放心了

如今的我們
已不可同日而語
我上了天堂
你卻停在了地獄

葬禮

我曾經問過你
有一天我死掉了
你會來參加我的葬禮嗎
如果真的有那一天的話

那時你很生氣的看著我
問我為什麼總說這些
很討厭的事情
然後你把放在一旁的整包面紙
用力丟向我
但那死不了的
如果你真的想來參加我的葬禮
你一定會把旁邊那張椅子
那座剛買回來的燭台
或其他可能真的
會讓我死掉的東西砸過來
所以我就當你不想來了

後來我收到了你的簡訊
你問 那我的葬禮
你會來嗎
我想我應該不會去吧
因為和你一起的這段日子
每天都像一場葬禮
我必須不斷的哭泣
不斷的哀悼那個
早在很久之前
就已經腐壞的自己

雨天

外面還在下雨
你說
今天不出門了好嗎
當然好
其實不管你說什麼我都會說好
你冷冷的把話說完
就脫掉襪子坐回了床上
低頭繼續看著你的手機螢幕

星期天
是我們從來沒有約定過
卻在每個月休假表上的這天
總會為了彼此騰出空檔的默契
陪你到遊戲店逛逛
看你愛看的動畫片
有時是你陪我到我想去的地方
陪我吃我愛吃的美食
但漸漸的

我們不出門了
你說兩個人宅在房間的感覺
更幸福一些
所以我們就待在家好嗎
剛開始你說了什麼對我來講
都絕對是好的
但你不再跟我有默契了
星期天常常只剩下我自己一個人
你說不能每次都這麼自私的
搶走別人的假期
你說下次再陪我好嗎
好啊
當然好

今天
是我和你難得排到同一個星期天的休假
但你卻忘了告訴我你和別人有約了
那我可以跟你一起去嗎

你拒絕了
你說是那種很無聊的聚會
恩
好吧
其實我知道那不是無聊的聚會
我知道你都和誰出去
我知道你不再和我休同一天假的原因
我知道你常常低頭聊天的對象
我都知道
只是不想要拆穿你
一切只因為我喜歡你
即使你再繼續對我說謊
我都會跟你說一聲
好啊

那天
外面下著雨
你還是沒有選擇陪我

我跟你說帶把傘吧
你說恩
好
原來雨天
你還是可以出門的

下雨天

記得小學有一次上課時
歷史老師說
她很喜歡雨天
只要聽見下雨的聲音
心情就會很好
小時候不懂
怎麼會有人喜歡雨天
雨天這麼醜
長大才知道原來雨天 是屬於大人的
有一點惆悵
獨自窩在沒開燈的房間內
有一扇窗還能看見窗外的雨
那種很孤芳自賞的雨天

昨天

跟你睡了一覺
就愛上你
和你也不過才
第一次見面
原來愛
這麼容易嗎
那我以後一定有好多
愛情故事可以和人分享
反正不管哪一種
全部都一樣
要躺在床上

白天

想必也有鬼吧
不然為什麼
我總是不敢醒來

黑夜

每當這個時候
我都特別開心
因為裸體
不會有人看見

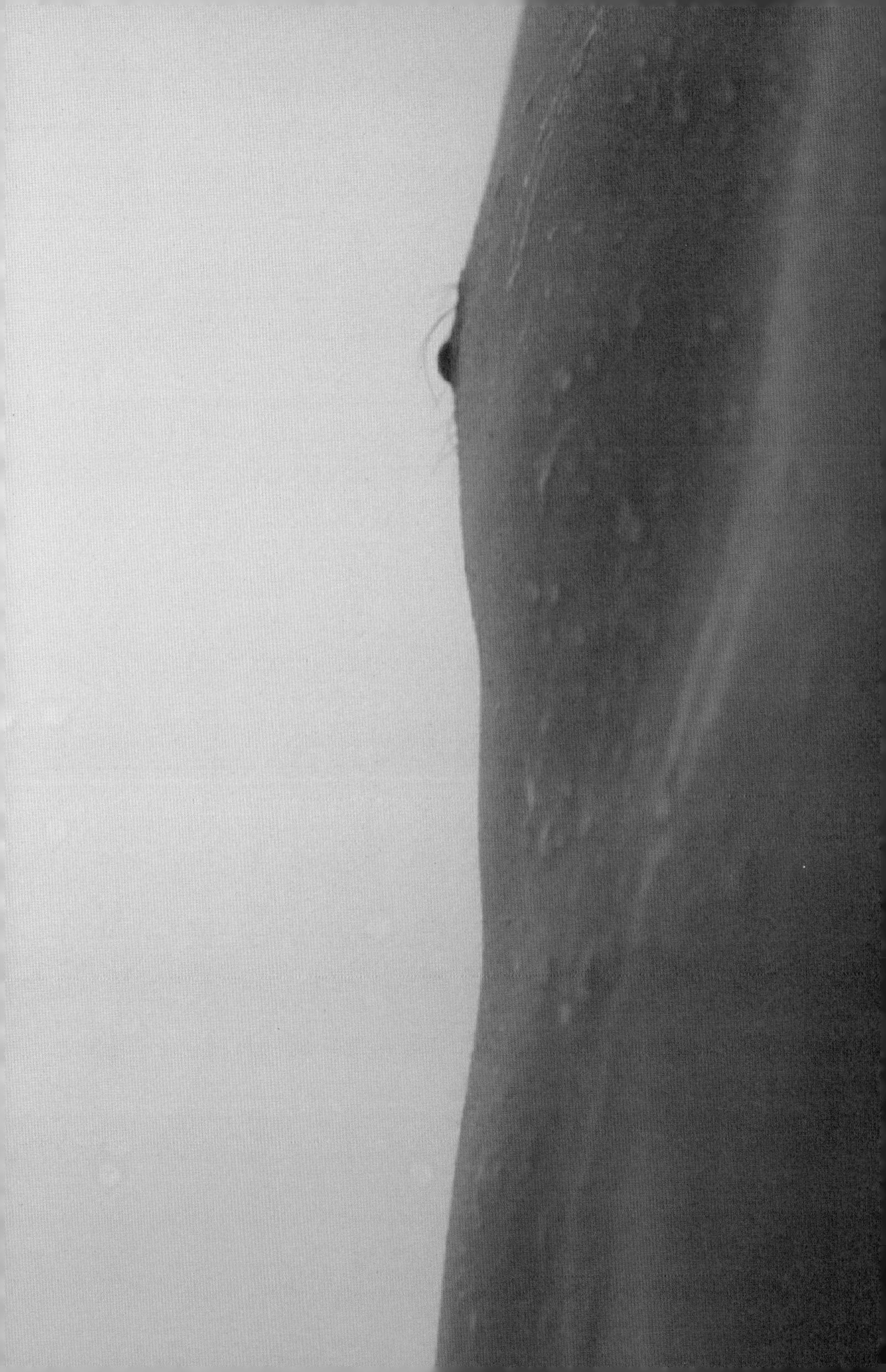

春夢

那一夜
我對著自己開了一槍
一槍將自己
從粉紅色的幻想中打醒
曾經你說我是你最無法自拔的幻想
是你最想擁有的美麗夢境
就這樣讓你夢了千迴與百轉
直到聽見從你手機裡
傳來那聲毛骨悚然的訊息鈴響
才清楚的意識到
我並不是你唯一無法自拔的幻想
原來我只是你
每一次飢渴難耐時
才想起的春夢

忘了

還是把我們看了一半的影集看完了
你留下來的難聞的洗髮水
終於還是沒了
說好要一起去有陽光與微風的地方
我自己去了
那場你最愛的演唱會片段
我又看了一遍
床頭的燈 我自己關了
清晨的步 我自己散了
仰起頭後的那一朵雲
也自己看了
而你 我漸漸忘了

臭味

你總是不洗澡就爬上我的床
然後再用你剛才
摟過別副軀體的胸膛
緊靠著我
你的雙手伸了過來
你說我今天好香

沉穩的木質調
有一些過於中性了
記得上一次挑選香水時
我是這樣告訴店員的
每天回家後尚未退去的香水味
再配上平時選擇的淡乳香味的沐浴乳
兩個味道融合在一起
會變得雜亂 廉價

生活中的每一種味道
我都精心的挑選過

打開門後會微微飄著香味的香氛蠟燭
擦上護唇膏後的嘴唇
當天要搭上不混淆味道的水果
我的每一件衣服
從髮香到乳液
甚至是你與我站在一起時的香水味
都必須相呼應

今天你的手指有淡淡的薰衣草香
你的頭髮帶著一絲我聞不出來的味道
而你的皮膚開始散發出
這輩子我最痛恨的那種廉價玫瑰味
雖然沾上了各種香氣
卻聞起來骯髒
我到底還需要忍受多少種不同的味道
才能夠聞到你

自私

連鳥都不想
被關在籠子裡
那你又為什麼
要我的鳥
只飛進你一個人的洞

同類

數了一下記事本裡
我用紅色簽字筆劃下的記號
242 天
原來我們才分開了 242 天
記得遇見你時
是我在另一本記事本中
劃下的第 500 天
起初連筆都拿不動
連簡單的一條直線都會顫抖
光是想到你說的關於分開的理由
我就想握住這支筆
往你的眼睛或是
任何會讓你感到疼痛的地方搓下去 但我沒有
不是不敢 是你早就瞎了
跟他們一樣
可是我好像 也沒有什麼不同
又是一張哭哭啼啼的臉
又是一副窩囊的樣子

然後想用力的抓緊你
卻還是被你掙脫了

東京

三年前和他去了一趟日本
那時候的我們
每一天都非常快樂
沒有任何爭吵
就好像感情更升溫了似的
但或許 快樂總是短暫的吧
記得你說我真的很好
然後謝謝了這段
我們在一起的時光
我們也就這樣
跟著旅程
一起走到了終點

至今依然都還留著自己
當時用相機拍下你的每一張照片
與每一段有你的影片
在那之後我一直以為
只要我看見日本這兩個字時

會因此成為了悲傷的回憶
旅程結束後
也或許是隔了好一陣子之後
我愛上了日劇
彷彿我能夠透過螢幕看見東京街景
看見那些我們一起到過的每一個巷弄
然後再回味一次
我們曾經在那創造的美好記憶

原來不是每道疤痕
都一定會伴隨著眼淚

後花園

每次闖進後
花園
都被你擠成一條
巧克力棒
只是那條巧克力
是臭的

搬家

想打電話和你說
我喜歡台北的新房間
有一扇窗
能看見天空和鳥纏綿
另一扇窗
能看見你和她
正在做愛

新冰箱

我要冰那些我從
7-11 全家 頂好和大潤發
買回來的東西
你要慶幸
終於不是你了

香蕉

你吃香蕉的樣子
被我看見了
我好開心
感覺好像終於
找到我們有那麼一點
相似的地方

馬桶

每次沖下馬桶
都會想像是你在幫我
口交的聲音

大洪水

你想到自己不再
被他所愛
於是你便把自己沖進馬桶

你想到那個已經
被他所愛
於是你便也把他沖進馬桶

過了許久
你以為還有於是
過了許久
你以為還有餘事

別難過了
還是會有人
再度把你捧在手上
然後又
沖進馬桶

廚師

餐廳的廚師在偷看我
他一定想把我
他一定
想把我脫光
用他粗大的手
將我撕碎
然後變成他
最喜歡的模樣
把我重組成一道
很美味的料理
然後在放進別人嘴裡
讓大家稱讚

原來的我
不好嗎

義大利麵

麵體因為扭曲
形成了一坨小小的圓球狀
纏繞在這間吵雜的下午茶餐廳
所提供給我的叉子上
像極了當初的我們
彼此糾結
卻又捨不得分開

小熊娃娃

二十顆氣球全射中
就可以拿到那隻小熊娃娃了
夜市射汽球的攤位
玲琅滿目的玩具與娃娃們
擁擠的堆疊在一起
他說 你選一個吧
然後你看了看垂坐在一旁的小熊娃娃
他便曉得你的意思
他緊閉著右眼舉起瓦斯手槍
用二十下連發的子彈
送了你第一個約會禮物
這是你唯一留著的玩偶

他送你的每一樣禮物
與和他有關的東西
你都珍惜過
從相片館沖洗出來
貼在家裡各個角落的那疊照片

也僅剩風景與有你自己的那幾張
有他的那一邊 都被你撕裂了一半
你的右手還有半顆心型的刺青
以前只要牽起他的左手
他就會再緊捏幾下你的手掌
撇過頭來對你微笑
然後高舉起你們那對
組合完成的左右手
比出手槍的姿勢
朝著天空做出射擊的動作
高喊你的名字
大聲喊著我愛你

你其實一直都曉得
美麗是稍縱即逝的
就像最當初的那隻小熊娃娃 與那一天
早知道當初
就選那幾顆氣球

在第一秒就被他擊破
便什麼都不會發生了

絨毛布偶

看著地上被咬碎的
絨毛布偶
你難過的哭了
都是因為有人讓你
誤以為愛是天長和地久
讓你誤以為愛永遠都不會壞

玩具

好想將你的雙眼
用力的挖出來
然後再把它們放進我的眼裡
因為我想看看你的那個新玩具
到底哪一點比我好

該邊

躺在那張
你願意付諸一生的人
床上
你就該放鬆的 那邊

生病

你開始
不再對我按
讚的時候
我就會懷疑
你是不是在
討厭我

為什麼
只是一顆
紅色的小愛心
卻對我來說
那麼重要
但為什麼
也只是一顆紅色的
小愛心
你都不願意再
施捨給我

愛迪達與恨天高

他是那種狠
便宜的
三十元滷肉飯

妳是甜
膩的夢幻馬卡龍

他是低調
沉穩的藍色
妳是恨不得
被人看見的那
一抹鮮紅

他是戰爭
電影
妳是每一場戲裡
的那種夢
和愛情

他是愛
迪達
妳是恨
天高
你們是
天差地遠的
兩個極端

封面女郎

那一夜
我將全部給了你
讓你將整個禮拜
攝在我身上
其實都只是想要成為你
手機桌布下一期的
封面女郎

現實動態

我也想交一些朋友
但我不曉得如何維繫
任何一種關係
我連主動傳訊息這件事
都覺得尷尬
擔心自己太熱情的表現
會嚇跑別人

有些人會主動和我說話
他們會主動釋出善意
我知道有些人很善良
想要和我做朋友
但我很現實
我真的只想和我想認識的人
那些我覺得可能對我有幫助的人
做朋友
大多數的人和我說話
我都沒在聽

如果我曾經主動傳訊息給你
那我一定好喜歡你
或是想從你身上也得到一些什麼

我會偷偷觀察大家
都在做些什麼
那些我們互相追蹤的朋友們
我也想和你們講話
但我沒辦法
我只能偷偷看著你們
平日很隨意發出的限時動態
看你們講的話
是不是能逗我笑
看你們身上有哪些能力
能讓我覬覦
看看你是不是真的對我有用
或是有誰也可能喜歡我
然後我也喜歡你

我們就可能會
在一起
如果沒有
就被我取消追蹤

原來大家
都很會交朋友嗎
原來大家放在網路上
與朋友一起開心笑著的合照
都是很真心的嗎
還是都
也有目的

朋友聚會

朋友總在聚會時
指著螢幕裡的人罵
他們說為什麼這樣的人
還有這麼多人喜歡
我說沒有關係
只要再多觀察一下
你會發現
他們裡面什麼都沒有
什麼都沒有的人
很容易就會被識破
因為大家不喜歡裡面空空的東西
但是後來
他們都還是被喜歡了
原來世界真的
跟我想得不一樣

照片

我看到你和她的合照了
她好漂亮
還有那些我透過你而認識的
你的好友與你身旁的每一個人
都在那張照片底下
按下了大大的紅色愛心
彷彿大家都真的為你們感到開心
而獻上祝福

我可以放這張照片嗎
記得以前拍下與你的合照後
我都會這樣問你
你總是會立刻拒絕我
然後我們又會因此大吵一架
後來我都只能拿著一起買的同款飲料
將它們擺放在一起並拍下照片
有時舉向天空
有時是放在我們正躺著的綠色草坪上

你會耐心的等著
然後將自己的那一份默默拿走
再拍下你自己的視角
說你自己想說的那種故事

一杯無糖咖啡
一顆紅色氣球
一支我們在夜市娃娃機中夾到的
你說很醜陋的玩偶
水母與粉紫調的燈光
一盞雨天的路燈
一份我們還沒吃便灑在路上的麵線
樂園的摩天輪
路上遇見的小黃狗
然後是沒有我的天空
沒有我的空地
你從不讓我出現在你的照片內

彷彿我不曾存在你的生活之中
也或許
我從來都不是
你想說的那種故事

A片

有你的生活
我總覺得
自己像是一位
A片演員
我們用盡力氣
一下要又不要的
把彼此弄痛
然後再進進出出的
也把日子弄哭
像舉了一把刀
抽抽插插的
最後卻還是被你
插了進去

恐怖片

每年都會把你和她
做愛的影片
拿出來
再看一遍
慶幸你們沒發現
我站在後面

真槍實彈

你還是不顧·切
抓住那把
傷害過許多人的武器
讓他射出了整個禮拜
然後真槍實彈的
傷你一輩子

陽劇

我想要我做的每一件事
都被看見
如果沒有人看見
就好像我沒有存在
我倒垃圾要被稱讚
所以我總趁著媽媽看見時
才倒垃圾
我做善事也要跟人家說
我把好看的那幾張自拍
傳上網路
因為我的優點
怎麼可以
沒有人看見
還有我勃起的陰莖
射精
我想要很多人看著我
我比較容易興奮

興奮的時候我會表現的更好
所以我把我自己
很私密的部位
都讓你看見

我脫光衣服
站在陽台
被對面鄰居看見
他沒有報警
而是每天準時
假裝出來澆澆花
順便看我表演
一場在陽台
演出的劇

編劇

把恐怖故事
說的老少咸宜
其實沒有那麼困難
因為我
只要把主詞從壞人
再換成了你
故事就聽起來
沒這麼可怕

推理小說

那則訊息我反覆
查了又查
就是沒看見
她
藏在裡面

勵志作家

為什麼
總和我男朋友一樣
滿嘴謊言
可我卻
還是信了

自以為是

你只是活成了一首
別人讀了卻沒有懂的詩
充滿文字
卻什麼也沒被看懂

寫詩的人

以前總覺得寫詩的人
不是很老就是很醜
但是當我照鏡子時
才發現原來
寫詩的人
都好漂亮

做作

我是那種想你時
會把你寫成詩的人
那麼做作
連我自己都
覺得噁心

但你是那種
連詩
都看不懂的人
那麼愚蠢
連我也
都覺得噁心

文字的力量

文字
哪來什麼力量
有力量的是那些
曾經對我們說過某一句話
或是用力罵過我們
賞過我們巴掌
罵著髒話
讓我們無法忘掉的那些文字背後
藏不住的每一張臉
是他們讓文字
變得生動
變得好痛
變得好醜
變得好美
變得噁心
變得虛偽
變得裝模作樣

詩

我寫了一首好詩
你讀讀嘛
那是我的全部了

鹹詩

就是讀起來
還能嘗到眼淚那種
鹹鹹的味道

詩人的手

你說我欠你一首詩
一首屬於我們應該雋永的詩
於是我用手在你的身體寫字
從後面寫到了前面
從上面寫到了下面
逼你大聲的
將它們朗誦出來
你的少女情懷
一定也能和別人一樣
充滿了詩

詩人與舞孃

傳說有一些詩人
在會寫字之前
都喜歡跳舞
他們寫的字
是即將滾動的舞曲
他們放下筆
都有一雙豔紅的舞鞋
但世界還不夠先進
傳說
只能是傳說

少女與白龍

青春就是他用
腫脹的青眼白龍
塞滿了你
整學期羞澀的神隱少女
直到魔法
將你變成了阿嬤

青春與小鳥

你說這一吻
是青春和小鳥的那種
淡淡告別
因為今夜你就要
將我釋放

夏一位

你給的愛
宛如春天
一旦春季結束
便渴望迎接
夏天的到來

櫻花大道

遇見你
之後的每個花季
再也不用翻山越嶺的
衝去賞花
因為有你在的地方
都是櫻道

街角的祝福

巷口前那台
擺在街角的販賣機
只有你們知道在飲料掉落之前
用力踢一腳
便會同時掉落
兩罐同樣的飲料
那個曾經絆倒你的水溝
你們一起看過的電影
及手機裡成千上萬張
你坐在已經冷掉的餐點前
他很用心卻怎麼都拍不好的照片
還有幾張他
忘記將鏡頭轉過來
而拍下的自己的照片
你還記得那天的咖啡廳外
他吵著要你
當面將那張照片刪去
然後你偷偷

又從手機備份紀錄中
復原了那張照片
後來你終於決定連同那張
曾經找回來的照片
把關於他所有的一切、
刪除光光

你走到街角
又踢了踢那台販賣機

真心話大冒險

說一個
你喜歡的人
說一個你
想和他躺在床上
做愛的人
不說
你就上我

你沒有說
你只是站在那
對我露出了
很靦腆的笑容

沒有名字的朋友

那是誰啊
剛剛走過去的
那一個人
我說那是好久以前的
一個朋友

不敢告訴你
那個人
也和我睡過

正宮

好想要
變成那隻貓
或是狗
這樣我就可以
大膽的
對著你撒嬌
然後光明正大的
把全身都
壓在你的那裡
時不時去感受你
突如其來的蠢蠢欲動
比任何一個人
都還要早享受到
也不用再跟誰
去爭先恐後

第三者

買了一支
新按摩棒
突然也
有點興奮
因為對你的承諾
好像就
快要破掉

但如果你
真的生氣了
它
又不是真人
還是機器也
有意識
能算個人

恐怖情人

今年萬聖節
扮成了你的前女友
本來以為你
會害怕
結果你竟然
開心的
笑了出來
我氣沖沖的朝你衝了過去
如果你
不小心死了
反正這是萬聖節
大家會以為這只是
一場惡作劇

等到明年萬聖節
就會有人想
扮成我了

假高尚

長得漂亮
當個酒店妹
也沒什麼錯
妳假高尚了　輩子
最後還不是
也被一堆男人
上過

好男人

用我剛才
抓過老二的手
直接牽著你
因為不好意思
問你想不想
見見他
所以我摸摸他
代替他向你問好
就像我偷喝了你喝過的水一樣
只是間接的
沾了一下你的嘴唇
我也開心

追殺比爾

帶你去看一部
我最愛的電影
讓你知道
如果
你用錯了方式
來愛我
會是什麼樣的後果

戀曲

你曾是抒情歌般
哼唱著我的姓
激昂的隨著高低起伏
喚出我的名
也曾重金屬搖滾樂般
咆哮著我們

用那些快樂的
舞動的
電幻的
直到
你膩了
便將我的名字
再唱成了終曲

戀曲 2020

或許明日太陽西下
你會再
愛了怡良
理了心潔
逃了晶瑩
犯了曉萱
無了君如
終了麗緹
娶了家瑞

戀曲100988

妳將雙腿用力的開了又張
　他也沒因此勃之
他不甘心的抓了把天菜
　　卻還是沒有一零

我們都消沉的
　數到了零九
獨自走過了這條街
　再繞過那個巷
直到Joanne
都跟你說了88
才甘願的回到家中
看著那烏溜溜地黑眼睛
和你的笑臉
就這麼
溜走

0204

好想打電話給你
在我和他做愛的時候
讓你聽聽
我們高潮的聲音
然後再大聲的跟你說
我也要你

想見你

我在超市買了串香蕉
然後
一天一根的
把它們當成你
不斷前前後後
迂迂迴迴的
假裝
你又愛了我一個禮拜

自我安慰

找出所有的藉口
把那些別人都看不懂我的理由
怪在對方身上
安慰自己
他們只是沒有品味
所以看不懂我

憤怒

生氣的時候
好想殺掉你
但最後卻總是
握緊拳頭
不小心
把自己捏死

氣話

我喜歡生氣的我自己
我要在最憤怒的時候
把每一句真話
都說給你聽
只有在那個時候
我才敢把自己真正
想說的每一句話
都說出來
然後氣消之後
再騙你
我剛剛說的全是氣話

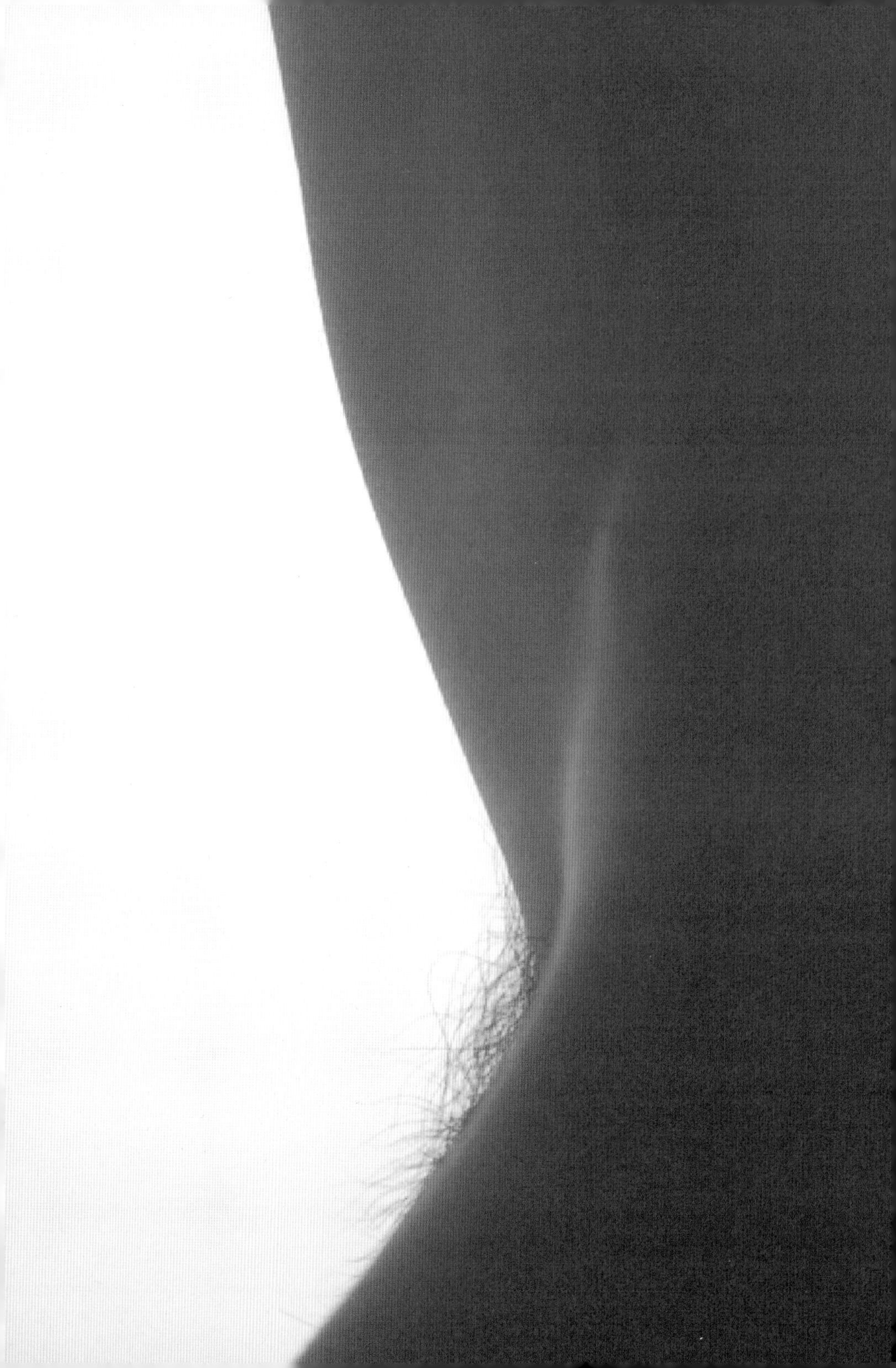

失焦

你渴望看
見更多的
我
讓你看
也都見了
但你卻
忘了為我
調整焦距

高潮

原來高潮
並不一定
需要你

吶喊

把它們包裝成詩
或是藝術品
用很漂亮的手法來
求救
都只為了不讓人發現
自己其實很用力的
在尋求幫助
因為深怕每一次
太清楚的喊叫
都看起來丟臉

說謊

堆在一旁的那堆
早該放進洗衣機的骯髒衣物
在接到你的電話時
都趕緊丟進了洗衣機中
就怕你會突然說想過來

為了不讓你發現
把你討厭的那種
沒營養的電視節目
立刻調到了靜音
就怕你會聽見
還多說了一個謊
說我剛才去跑步了
但其實我就是一直待在床上
什麼也沒做
或許是害怕你看見我
腐敗的那一塊肉
一直用謊言把自己堆積成了

你喜歡的那種模樣
其實都只是害怕
你會討厭我

矛盾

矛盾的人
永遠都會矛盾吧
渴望愛
卻又嚮往自由
渴望獨特卻
又想被他人理解
渴望真實卻又活得
如此虛假

膽小

我帶著一朵鮮花還沒
來到你的面前
它便枯萎了

小鳥

你是一朵花
就算沒有人欣賞
你都要綻放
就像小鳥
不管有沒有人在看
它都會勇敢的
為自己飛翔
就像
我的一樣

我的名字叫青春

你說青春宛如一隻鳥
稍縱即逝
我便脫下褲子
讓你
抓住青春

水上樂園

我的萬千子孫
為父只能送你到這了
去吧
母愛就在前面

我和你的風中沒有奇緣

你的白馬給了王子
月光給了仙子
花給了木蘭
愛給了麗絲

我和你的冰雪沒有奇緣

白雪沒有了公主
美女沒有了野獸
鐘樓沒有了怪人
你沒有了我

十歲

十歲的那個夏天
我們都單純的
毫不掩飾

退去身上所有衣物
不帶任何羞怯的
擠在了
充氣泳池中
互相潑水
用力的露完這一生
該露的點

二十歲的那一天
我們連吃一根香蕉
都不再單純

第一次

十六歲
我的第一次
我的十六歲
有很多第一次
第一次染了頭髮
第一次念了高中
第一次認識了很多
高中同學
第一次打工
第一次覺得自己
好像快要長大

#男生#女生

出生
父母
藍色
莫名的
愉悅
哭泣
流口水
跌倒
尖叫
不准哭
褲子
短頭髮
奔跑
流汗
蜻蜓
電動
漫畫
假日

出生
父母
粉紅色
莫名的
愉悅
哭泣
流口水
跌倒
尖叫
糖果
裙子
長頭髮
溫柔
果汁
蝴蝶
點心
漫畫
假日

帽子　　馬尾
小雞雞　蝴蝶結
暑假　　暑假
一三九　一四四
九歲　　三年級
籃球　　卡片
運動服　日記
球鞋　　筆記本
卡通　　昨天的偶像劇
老師　　聯絡簿
女同學的馬尾　臭男生
體育課　音樂課
臭男生　笛子
黃色笑話　害羞
五年級　五年級
隔壁的女同學　隔壁的男同學
橡皮擦　橡皮擦
球　　香水豆

下課　同學
放學　課本
金剛　芭比
髒襪子　白襪子
星期日　星期六
沒寫完的作業　作業
罰站　微笑
下課　卡通
足球　跳舞
國中　初中生
朋友　朋友
女同學　男同學
女老師　女同學
體育課　英文課
福利社　廁所
牛奶　鏡子
網咖　文具店
打手槍　嫉妒

打架　友誼
流血　流血
教官　女老師
高中　十七歲
女朋友　女人？
摩托車　眼線
打工　打工
後座的女孩　初吻
全壘打　擁抱
保險套　男朋友
一百八　一百八
十八公分　十八歲
當兵　升學
男人？　成熟
升學　責任
大學　二十歲
學妹　女大生
菜鳥　學長

社團　大學生活
吉他社　社團
動漫　鋼琴
帥氣　氣質
電影　電影票
翹課　浪漫
A片　女主角
畢業　未來
工作　結婚？
兩萬五　薪水
長大　愛情？
賺錢　職場？
汽車　二十五歲？
房子　三十歲？
升職　婚姻
結婚　生子
爸爸？　媽媽。
責任　醜陋

肩膀　妊娠紋
啤酒肚　肥胖
好老婆　有錢老公
三十歲　第三者？
老公　老女人
男人　孩子
育女　養兒
日復　一日
金錢　金錢
爭吵　爭吵
中年　五十歲
壓力　壓力
年復一年
回憶　回憶
你晚回家了 妳也許不再笑了
你還是不知道 對於他的一切
哪裡做錯了　妳都感到厭煩了
抓住那隻蟬　七歲的那一年

以為能　　抓住夏天
十七歲那一年　吻過他的臉
就以為　　和他能永遠
有沒有那麼一個永遠　永遠不改變
有沒有那麼一滴眼淚　能洗掉後悔
有沒有那麼一張書籤　停止那一天
有沒有那麼一個明天　重頭活一遍
最單純的笑臉和　　最美那一年
為何人生最後　會像一張紙屑
還不如一片花瓣　曾經鮮豔？
有沒有那麼一首詩篇　找不到句點
？

（後段部分歌詞，引述五月天如煙。一些關於男女的刻板印象、標籤，與人生時間順序的差別）

假的

妳新鮮的
宛如我不曾吃過的
海鮮大餐

父急急

昨夜
見軍帖
渴含
大點兵
願借明駝千里足
從此替爺爭
／
唯聞你嘆息

我沒有在跟你開黃腔

自衛
兵
清槍
打砲
幹！
男人

太陽花

當太陽愛上了花
我們 成群結隊
你們用水 喧嘩

摩女的條件

你收起剪刀
獨自竊喜
看著手中
剛剪下的兩半
因為
再也不會有任何一種海鮮
能與它摩擦

聽的

他說好醜
你就
往左滑掉
她說
右
這個不賴
你便也覺得他帥

沒有實際看看
你怎麼知道我真的不是
你的菜
沒關係 我用
聽的 聽的

唉G

每一天都在唉的
G
哪裡還會
有人喜歡
你還是
裝B吧
至少看起來
也沒那麼C

心碎告白

當天空昏暗
當刺耳聲響
害我將那些剛採集完的
異聲 不響
就掉進水裡

神問
莖的 淫的
我好像
偏左

長大

小時候應該就是個滿腹心機的孩子
知道自己用力的吵鬧
就能夠得到想要的一切
不斷扭動的四肢
和那其實很令人厭惡的哭喊
總能讓周圍的人
願意走向前來安慰

現在依然像個孩子一樣
喜歡哭鬧
只是和當年的區別是
這些哭與鬧都不再有人看見
也許是怕被人笑話
知道哭起來好醜
知道明天會水腫
知道自己再鬧
也鬧不成一齣好看的劇
於是將門關了起來

只敢和自己哭鬧

搭車到了遊樂園
其實只是想看看這已建好許久
而我卻遲遲沒看過的新樂園
入園後發現沒有太多吸引我的設施
想想自己和孩子們爭搶著某匹
粉色旋轉木馬的畫面
應該也不是太好看
便就選擇坐在了椅上
曬了個幾十分鐘的太陽
一位小朋友在奔跑的過程中
因為跌倒而嚎啕大哭
另一位則是在原地哭喊著
想在離開前
再搭一次恐龍做成的遊樂設施
父母紛紛向前為他們拍拍屁股後

將他們抱起
再用泡泡 用糖果
安撫他們失落的情緒
我笑了起來 在自己的裡面
好想和他們說
真希望你們能夠一直
停留在這一天
因為在不久的以後
你們的哭和鬧
應該也都
不敢讓人看見了吧

關於痛苦

我找不到任何一個
能夠與它和平共存的方法
因為有太多不確定
有好多想法會同時湧入腦中
雖然其實都只是一些
很不重要的事情
說出來大家會覺得
你想太多了的那種事情

在做每一個決定之前
我都必須得想清楚
我甚至連睡著時都會一直思考著
自己是否想要成為這樣的人
因為每一種我真正
想要的樣子都好奇怪
我找不到太多和我類似的人
那些和我類似的人
我也看過

他們假裝活得很漂亮
但其實我知道他們
睡覺的時候
一定也都在流淚吧
還有一些和我類似的人
可是他們全都離我好遠
他們不是講英文就是死了
或是其他我甚至都聽不懂的語言
我只能靠著模仿他們
用他們也走過的路
來看清楚我自己
不過他們全都比我優秀
所以我只能用最簡單的那種方式
用很粗糙便宜的模仿
來靠近他們
因為我能做的
真的只有這些了

我可以笑
我可以將自己
打扮的很漂亮
成為網紅或是網美
我也能夠拍照
將自己的生活全都
用美麗的樣子
呈現在網路上
寫一些大多數人
一定都看得懂
或是一定也都喜歡的東西
告訴大家找到自己
就會很快樂
但那是因為你們找到的自己
都值得微笑

我總是害怕有人來安慰我
害怕他們說你的

也絕對值得一個微笑啊
可是真的沒有
大家的微笑
一定都帶著憐憫
或是慶興自己
不那麼奇怪
這都只是我每天睡前
第一分鐘在想的一些
很不重要的事情
這些不重要的事情
還是讓我覺得痛苦
因為我知道
我永遠不可能將自己
最想要的那一面
呈現在大家眼前

我必須得隱藏
把想說的話

都用很漂亮唯美的文字
再包裝起來
我想哭
就說成大海
就說成全世界
都為我落淚
這樣就會有人稱讚
我的文筆
覺得我的腦袋
一定都裝著很漂亮
很夢幻的畫面
但是我想哭的時候
其實只想怒吼
甚至只想要往海裡跳下去
把陰莖說成太陽
把陰道說成花
把猥褻的想像
比喻成王子遇見公主

有穿衣服的那種
有鳥有雲和天空的
浪漫故事
把你說成妳
把我說成他
把不在乎的東西
寫得好像
我真的很在乎一樣

每一天我都得隱藏
因為我確定自己是誰
因為我不確定自己是誰
所以我總在掙扎
我渴望得到關注
卻又不想被看見全部
我想要呈現的那種模樣
一定沒有人喜歡
我好像總覺得我

是全世界最痛苦的人
但是誰不是這樣呢

關於死亡

死掉的人
都比較漂亮
因為他們早就停在了
很漂亮的模樣
不像我們
還得一點一點的死去
即使曾經很好看
卻得用盡辦法
讓自己不再顯得愚蠢和醜陋
不然沒有人會記得那些
我們早就漂亮過的模樣

死掉的人比較聰明
漂亮完了
就轉身離開
不需要再想辦法
去維持那些
很麻煩的事情

畢竟那是活著的人
才需要煩惱的事

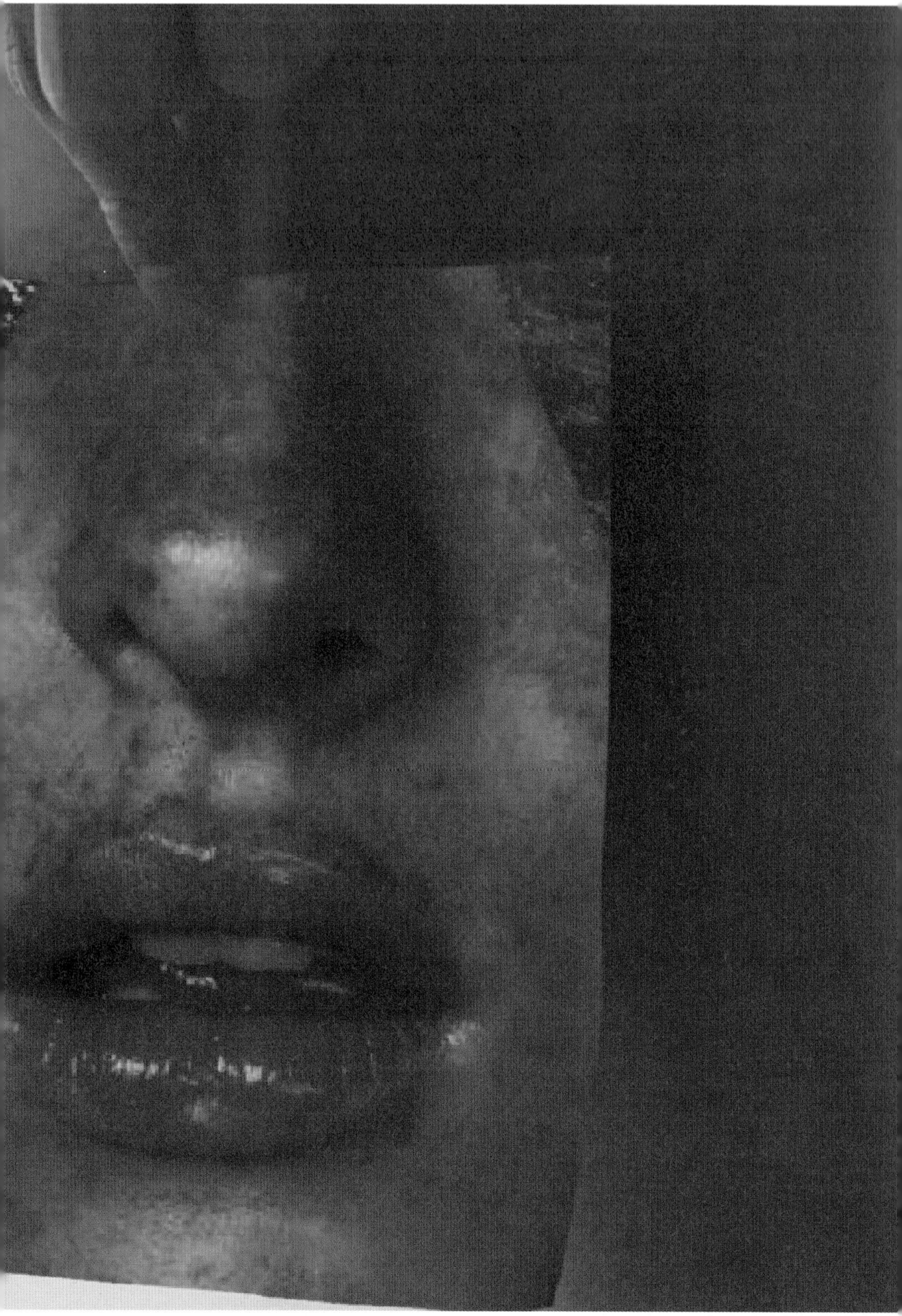

Love 037

愛死了

作　者—米蘭歐森
主　編—李國祥
編輯總監—蘇清霖
董事長—趙政岷
出版者—時報文化出版企業股份有限公司
108019臺北市和平西路三段二四〇號三樓
發行專線—（〇二）二三〇六—六八四二
讀者服務專線—〇八〇〇—二三一—七〇五
（〇二）二三〇四—七一〇三
讀者服務傳真—（〇二）二三〇四—六八五八
郵撥—一九三四四七二四時報文化出版公司
信箱—10899臺北華江橋郵局第九九信箱
時報悅讀網—http://www.readingtimes.com.tw
電子郵箱—genre@readingtimes.com.tw
法律顧問—理律法律事務所　陳長文律師、李念祖律師
印　刷—華展印刷股份有限公司
初版一刷—二〇二一年九月三日
初版十五刷—二〇二四年六月二十一日
定價—新臺幣三八〇元

時報文化出版公司成立於一九七五年，
並於一九九九年股票上櫃公開發行，於二〇〇八年脫離中時集團非屬旺中，
以「尊重智慧與創意的文化事業」為信念。

愛死了 / 米蘭歐森著. -- 初版. -- 臺北市 : 時報文化,
2021.09
面；　公分. -- (Love ; 37)
ISBN 978-957-13-9340-7(平裝)

863.51　　110013313

ISBN 978-957-13-9340-7
Printed in Taiwan